KB039947

아빠가 육아를
시작한 후 바뀐 것들

아빠가
육아를 시작한 후
바뀐 것들

육아는 왜
엄마만 해야 하나요?

도준형 지음 | **응경** 그림

포레스트북스

육아를 하지 않았으면
절대 몰랐을 행복의 조각들

결혼을 하면 아이를 낳고, 엄마가 아이를 키우는 것이 당연하다고 생각했던 나! 그런 내가 육아라는 세상에 겁도 없이 뛰어들었다.

유모차를 밀고 지나가면 '쯧쯧, 엄마는 어디 가고 어쩌다 백수 아빠가 애를 보누'라는 동네 할머니들의 한숨 섞인 이야기가 내 귀에 들려왔다.

"저 대학 교수입니다."

괜한 자격지심이 발동해 묻지도 않는데 나서서 대답을 했다. 집에서 놀면서 애나 보는 무능한 아빠로 보이는 게 싫었다.

사회생활을 하는 남자들이 모이면 자주 하는 말이 있다.

'집에서 애 보면서 편히 쉬는 아내가 부럽다.'

'커피숍에 모여서 희희낙락거리며 차 마시는 저 엄마들 봐. 남편이 누군지 불쌍하지 않냐? 남자들은 밥도 못 먹고 일하고 있을 텐데…….'

돌아보면 나도 그런 얘기를 나눴던 것 같다. 그리고 육아는 쉬는 것이라는 편견도 분명히 가지고 있었다. 어쩌면 육아를 내가 맡겠다는 결정에는 이런 마음이 포함되어 있던 건지도 모르겠다.

'돈 버는 게 너무 힘들어 쉬고 싶었는데 잘됐다. 이참에 좀 쉬자!'

하지만 육아는 쉬는 게 아니었다. 엄연한 일이었다. 그것도 중노동! 회사 생활은 월급이라도 있지, 육아는 돈은커녕 열심히 한다고 누구 하나 알아주지도 않았다. 심지어 밥 먹을 시간도, 화장실 갈 시간도 없었다. 2교대, 3교대도 아닌데 잠잘 시간마저 부족했다. 출산 후 2년간의 육아는 군 생활보다 더하면 더했지 절대 덜하지 않았다.

나중에 알게 된 사실이지만 커피숍에 앉아 쉬는 엄마들의 시간은 전투 육아 중 잠시 짬을 낸 귀중한 여가라는 걸 알게 되었다(이것도 아이들이 어린이집이나 유치원에 갈 나이가 된 이후에나 가능한 일이다). 또 커피숍에서 나누는 대화의 대부분은 아이 육아나 먹거리 등 정보를 얻기 위한 일종의 '미팅'이었다.

내가 육아를 맡고 아내가 직장을 다니면서 아내는 여느 집에서 말하는 '아빠'라는 존재처럼 변해갔다. 집에 돌아오면 피곤하다는 핑계로 나와 대화하려 하지 않았다. 그러면서 이 말은 잊지 않았다.

"온종일 집에 있으면서 음식물 쓰레기도 안 버리고 뭐 했어?"

어디서 많이 들어본 말 같지 않나? 나는 웃음이 나왔다. '야~ 딱 우리 아빠네, 아빠!' 아내를 흉보거나 비꼬기 위한 말이 아니다. 각자 소임이 바뀌다 보니 그 역할에서 바라보는 시선으로 표현하게 된다는 말을 하고 싶은 거다. 이 또한 내가 육아를 시작하지 않았다면 느끼지 못했을 일이다. 결국 육아를 공동으로 한다는 건, 단지 육아의 짐을 나누는 것에서 끝나는 게 아니라 부부가 서로를 이해하고 존중하게 됨을 뜻한다. 그리고 이런 모습을 아이에게 보여줌으로 인해 아이가 바르게 성장할 수 있는 원

동력이 되어준다.

처음 육아 에세이를 쓰겠다고 다짐했을 때만 해도 이런 좋은 점들을 미처 생각하지 못했다. 글을 쓰려고 컴퓨터 앞에 앉자 힘들다고 투정부렸던 지난날의 기억만 떠올랐다. 그때 아내가 내게 일기장을 건넸다. 그 안에는 아이가 태어난 후 우리 가족의 모든 것이 들어 있었다. 퇴근한 아내에게 털어놓았던 나의 불만들, 그에 대한 아내의 고민, 그리고 사랑스러운 아이의 사진까지. 그제야 나는 육아의 고단함 속에 가려져 있던 '행복한 삶의 조각들'을 꺼내들 수 있었다.

그동안 오롯이 아이는 나 혼자 키웠다고 생각했었는데 그게 아니었다. 늘 내 옆에는 아내가 있었다는 걸, 매 순간 나와 함께 아이를 키우고 있었다는 걸 그때 깨달았다. 바쁜 직장 생활과 내가 미처 하지 못한 집안일을 해내느라 나의 모든 불만에 답해주지는 못했지만 아내는 그 순간 나의 말을 귀담아 듣고 있었고, 아이와 나의 성장을 응원하고 있었다(심지어 아내는 직장 생활을 하면서 아이에게 먹일 모유를 유축해 가져오는 일도 기꺼이 감수했다). 내가 아빠로 살면서 얻게 된 모든 행복의 중심에는 내 아내가 있었다.

"건우 엄마! 고맙고, 사랑해!"

아울러 이 세상 위대한 모든 엄마에게 존경을 표하며 박수를 보내고 싶다. 특히 외로웠던 아빠 육아에 멋진 친구가 되어주신 지윤, 채연, 민준, 동하, 현민 어머니! 정말 고맙습니다.

마지막으로 글을 끝까지 포기하지 않고 써나갈 수 있도록 도움을 주신 '초등맘 네이버 카페 꼬마숙녀 김경화 어머님'과 '기계중학교 도선경 국어 선생님'께 감사의 인사를 전한다.

2020년 봄을 기다리며

도준형

Chapter
1

지금부터 아빠다

부끄럽지 않은
아빠가 될 거야

야호! 이제부터 나도 아빠다

결혼 후 5년 동안 우리 부부에게는 아이가 찾아오지 않
았다. 나는 늘 아이를 원했고 아빠가 될 날을 손꼽아 기
다렸지만 그게 정말 뜻대로 되는 일은 아니었다. 혹시나
싶어 검진을 받았지만 아무런 이상이 없다고 했다. 그런
데도 아이가 생기지 않으니 점점 초조해지기만 했다. 이
런 속마음을 감춘 채, 멋진 남편이 되고 싶었던 난 아내
에게 이렇게 말했다.

"굳이 당신 힘들게 하면서까지 아이를 가지고 싶지는

않아. 우리에게 인연이 없는 거라고 생각해."

덧붙여 혹시라도 우리 부모님이 아이에 관해 물어보면 내가 설명하겠다고 했다. 감사하게도 우리 부모님은 단 한 번도 아내에게 임신을 언제 할 것인지 왜 아이가 생기지 않는지 등을 묻지 않으셨다. 아마 당신보다 더 힘들고 초조할 우리 부부의 마음을 알고 계셨던 것 같다.

그러던 어느 날 하늘이 무너지는 것만 같은 사건이 생겼다. 늘 건강하시던 아버지가 갑자기 췌장암 선고를 받으신 것이다. 암이라니, 그것도 췌장암이라니. 정말 앞이 깜깜했다. 그저 심장이 쿵 하고 내려앉는 느낌만 들 뿐이었다. 더욱이 췌장암은 수술을 받는다고 해도 생존율이 극히 낮은 '나쁜 암'으로 알려져 있다. 아버지도 그 사실을 아셨는지 수술을 받지 않겠다고 하셨다. 몇 날 며칠 아버지를 설득한 끝에 수술을 받을 수 있었고 경과도 나쁘지 않았지만 우리는 모두 알고 있었다. 아버지와의 이별을 준비할 약간의 시간을 얻을 뿐이라는 사실을.

그렇게 투병 생활을 시작한 지 얼마 안 된 어느 날 집에 갔더니 아버지가 거실에 힘없이 앉아 계셨다.

"아버지, 저 왔어요. 오늘 컨디션은 좀 어떠세요?"

아버지는 혼자만의 생각에 잠긴 듯 아무런 말씀이 없으셨다. 몇 분의 시간이 흘렀을까? 아버지가 내 얼굴을 물끄러미 바라보더니 나지막한 목소리로 입을 여셨다.

"준형아, 나는 내 삶이 꽤 행복했다고 생각한단다. 그래서 슬프거나 힘들지 않아. 다만 손주를 못 보고 가는 게 아쉽구나. 행여 며느리에게는 얘기하지 마라. 인력으로 되는 일도 아니고, 내가 이런 생각을 하는 걸 알면 괜한 부담과 스트레스만 될 테니."

아버지의 진심 어린 말투와 눈빛을 보면서 나는 아무런 대답도 할 수 없었다. '아버지, 저도 간절히 바라는 일이지만 그게 참 어렵네요. 죄송해요'라는 말이 입 언저리에서만 맴돌 뿐이었다.

그날 저녁, 집에 돌아와 소파에 털썩 앉으니 아내가 다가와 물었다.

"여보, 왜 그래요? 시댁에서 무슨 일 있었구나?"

별일 아니라고 했지만 눈치 빠른 아내는 몇 차례나 나를 채근했다. 어쩔 수 없이 아버지가 내게 한 얘기를 아내에게 털어놓고 말았다. 아내는 심각한 얼굴로 잠시 생각에 빠지더니 이렇게 말했다.

"우리 한 번만 해보자."

"응? 뭘 한 번 해봐?"

"인공수정 말이야."

나 역시 여러 번 고민했던 일이지만 행여 아내가 힘들까 봐 그동안 입 밖에도 꺼내지 않았던 말이었다. 하지만 그 순간 모든 걸 잊고 "정말? 당신 힘들 텐데 고마워"라는 말이 튀어나왔다. 그리고 아내의 배려와 아버지의 간절한 마음이 하늘을 감동시켰는지, 우리는 그 힘들다는 인공수정을 첫 번째 시도 만에 성공했다. 정말 우리 부부는 세상을 다 가진 것처럼 기뻐했고, 서둘러 아버지에게 이 기쁜 소식을 전해드렸다. 수술 후 한 번도 웃지 않으셨던 아버지는 환한 미소를 지으셨다. 그리고 나는 드디어 그토록 기다리던 '예비 아빠'가 되었다.

내 아이를 위해 직업을 바꾸다

아내가 임신하고부터 내 머릿속은 온통 하나의 생각으로 가득 찼다.

'나는 아이에게 어떤 아빠가 될 수 있을까?'

모든 사람들이 그렇듯 나 역시 어릴 때 철이 없었다. 넉넉지 않은 가정 형편을 생각하지 않은 채 이것저것 사달라, 이것저것 시켜달라며 부모님 가슴에 대못을 많이 박았다. 배 속의 아이가 날 철들게 했는지, 어머니께 지난날 가슴 아프게 해드렸던 모든 일에 대해 사과드렸다. 어머니는 "너는 손자에게 따뜻한 아빠가 되어주렴. 그게 부모에게 잘하는 거란다"라며 나를 더욱 감싸주셨다. 나는 어머니의 말씀을 듣고 난 후로 '어떻게 해야 아이에게 좋은 아빠가 될 수 있을까?'를 생각해보았다. '아이가 가장 좋아하는 아빠는 돈 많이 벌어 오는 아빠일까, 많이 놀아주는 아빠일까?' 답은 쉽게 찾을 수 있었다.

'그래, 많이 놀아주는 아빠! 즉 매일매일 함께하는 시간이 많은 아빠가 좋은 아빠다.'

그렇다면 어떻게 해야 아이와 시간을 많이 보낼 수 있을까? 그 당시에 나는 온라인 광고 회사를 운영하고 있었는데 업무가 많아서 꽤 늦은 시간에야 집에 올 수 있었다. 또 퇴근 후에도 집에서 남은 일을 처리하다 새벽 2시가 되어서야 잠자리에 드는 게 일상이었다. 지금 직업을 유지하면서는 아이와 함께할 수 있는 시간적 여유를 갖는 게 불가능하다는 생각이 들었다. 그래서 직업을 바꾸기로 마음먹었다. 그런데 직업이란 게 바꾸고 싶다고 하루아침에 뚝딱하고 바뀌는 게 아니다. 시간이 필요했다. 일단 지금 하는 일들을 줄여보기로 했다. 먼저 내가 현재하는 일들을 죽 적어내려갔다.

광고 회사 운영, 대학교 수업, 기업 및 창업 컨설팅, 외부 특강, 창업 심사위원. 이 중에서 일이 가장 많았던 건 광고 회사였다. 나는 결국 회사를 정리하기로 했다. 그리고 직원들과 의논 후 원하는 사람들은 더 좋은 조건의 회사로 이직시켜주었다. 기업 및 창업 컨설팅과 심사위원 일도 최대한 거절했다. 일을 정리하고 나니 여유가 생겼다. 그러자 우리 가족의 미래를 위해 내가 해보고 싶은 새로운 일도 찾을 수 있게 되었다. 꿈을 가진 아이들을 발굴해 지원해주는 '어린이 재단'을 만드는 일이었다. 물론 이 일도 하루아침에 이룰 수 있는 건 아니다. 그래서 난 매일매일 아이와 시간을 함께 보내는 상상을 하면서 이런 내 꿈도 이룰 수 있는, 내가 가장 잘하는 일을 발견했다! 바로 인터넷 카페 운영이었다. 이 일은 내가 결혼하기 전 운영해본 경험이 있었기 때문에 자신이 있었다.

때마침 조카들이 초등학교 입학할 때 포털사이트 네이버에 만들어놓은 '초등맘'이라는 카페도 존재했다. 오랫동안 활동하지 않아 가입자 수도 적고 신규 유입 회원도 거의 없었지만 내 꿈인 '어린이 재단 설립' 취지에 알맞은 곳이라고 생각했다. 카페를 활성화하고 발전시켜 기업으로부터 후원을 받아 그 힘으로 어린이 재단을 만들어야겠다는 생각을 한 것이다. 이 일이 무엇보다 내 꿈에 가깝다고 생각했던 이유는 시간과 장소에 제약받지 않고 일할 수 있어 아이가 원할 때 언제나 함께할 수 있기 때문이었다. 따지고 보면 곧 태어날 내 아이가 내가 가장 잘할 수 있고, 내 꿈을 펼칠 수 있는 가장 완벽한 일을 찾아준 셈이었다.

마침내
아이를 만났지만

오늘부터 아들 바보

2015년 1월 15일 00시 53분. 오랜 진통 끝에 기다리고 기다리던 아이가 태어났다. 그날은 출산 예정일이었지만 아이가 예정일보다 일주일 정도 늦게 나올 것 같다는 의사 선생님의 이야기를 듣고는, 나는 예정되어 있던 코엑스 교육박람회 부스 및 강연 준비를 위해 서울에 머물고 있었다. 그런데 출산 전날인 14일 새벽 5시, 자고 있던 나를 친구가 급히 깨웠다.

"너 계속 전화 오는 것 같은데 확인해봐."

다급히 자리에서 일어나 휴대전화를 보니 부재중 전화가 20통 넘게 와 있었다. 모두 아내와 처제로부터 걸려온 전화였다. 뭔가 예감이 좋지 않았다. 큰일 났구나 싶어서 급히 연락하니 처제가 다급한 목소리로 전화를 받았다.

"형부! 왜 이제야 전화해요. 언니 양수가 터졌어요."

순간 잠이 확 달아났다. 처제에게 "왜 아직 그러고 있어! 빨리 119 불러!"라고 소리친 뒤 무작정 기차역으로 달렸다. 표도 끊지 않고 기차부터 탔다. 후에 승무원에게 사정을 이야기하니 감사하게도 참작을 해주었다(이 자리를 빌려 기차 관계자 분께 감사의 인사를 전한다). 지금 생각해보면 병원은 집에서 도보로 3분 거리라 구급차를 부르는 것도 어찌 보면 우스운 일이었지만 당시의 난 1분 1초도 용납할 수 없었다!

병원에 도착해 아내의 얼굴을 보고 나서야 한숨을 돌릴 수 있었다. 아내도 아이도 둘 다 무사했다. 양수가 터졌지만 진통이 없다는 말에, 나는 어이없게도 집으로 가서 일을 했다. 양수가 터졌다는 게 얼마나 위험한 일인지도 모르고 말이다. 아내는 출산 과정 내내 자신의 곁을 지켜주는 든든한 남편을 기대했을 텐데 얼마나 실망했을까? 아마 내가 엄청 미웠을 것이다(예비 아빠들이여! 아내의 임신과 출산 기간에 절대로 아내 옆을 비우지 말라).

오랜 진통으로 지친 아내는 울고 또 울었다. 견디기 어렵다고, 제발 제왕절개 수술을 해달라고 매달렸다. 하지만 의사 선생님은 충분히 자연분만이 가능한 상황이라면서 조금 더 지켜보자고 했다. 옆에 있던 나는 마음이 타들어가는 듯 했다. 아내의 고통을 보다 못한 내가 "선생님 그냥 제왕절개 수술을 해주세요"라고 애원하니 "보호자 분은 밖에서 기다리세요"라고 하면서 날 분만실 밖으로 쫓아냈다. 답답하기도 하고 아내가 걱정되기도 하던 그 순간 "응애~" 하며 아이 우는 소리가 들렸다. 문이 스르르 열리고 날 부르는 목소리가 들려 홀린 듯 안을 보니 아주 작은 피투성이 아이가 울고 있었다(누가 그랬더라, 빨간 새끼 원숭이 같더라고). 어찌나 작은지 저 아이가 내 아이라는 게 실감이 나지 않았다.

주위에 출산을 겪은 친구들의 얘기를 들어보니 아이를 보고 눈물이 왈칵 나왔다고 하던데 나는 그럴 정신이 없었다. 어리둥절해하던 그때 의사가 가위를 주면서 탯줄을 끊으라고 했다. 순간 '아이가 아파하면 어쩌지' 하는 생각에 망설이고 있는데 옆에서 간호사 분이 "괜찮아요, 감각이 느껴지지 않는 곳이니 걱정하지 말고 자르세요" 라고 말했다. 그제야 탯줄을 싹둑 잘랐다. 아내는 죽을 고비를 넘겼는데, 난 탯줄 하나에도 벌벌 떨다니 지금 생각하면 참으로 부끄럽다.

간호사는 아이를 씻기고 몇 가지 검사를 해야 하니 잠시 후 신생아실로 오라는 말과 함께 아이를 안고 분만실 밖을 나갔다. 그런데 신생아실로 향하는 발걸음이 마냥 신나지 않았다. '내가 이상한 아빠인가? 아직 아빠가 될 준비가 덜 된 걸까?'

마침내 신생아실 커튼이 열리고 내 아이의 얼굴을 자세히 보고 나서야 혼란스럽던 내 마음의 이유를 알게 되었다. 그건 아이가 나의 아버지를 똑 닮아서였다. 나는 평소 엄하셨던 아버지를 존경하면서도 아주 무서워했다. 사실 아버지는 그토록 기다리던 손주의 얼굴을 보지 못하고 하늘로 떠나셨다. 나는 아직도 아버지가 소천하시던 날이 생생하게 기억난다. 당시 매일 아버지 병실을 지키느라 나는 임신한 아내를 홀로 남겨둘 수밖에 없었다. 그래서 아내에게 친정에 가서 며칠 쉬다가 오면 어떻겠냐고 권했다. 아내가 친정에 가 있는 동안 아버지의 상태는 점점 나빠졌고 의사 선생님은 마음의 준비를 하라고 했다. 그 말을 듣고 급히 오전에 아내를 데리러 처가로 향했다. 오후가 되어서 다시 병실에 도착했을 때 아버지는 이미 의식이 없어 보였다.

"아버님 저 왔어요."

아내가 아버지의 손을 잡으며 울먹였다. 그 순간 아버지의 눈에서도 눈물이 흘렀다. 그리고 잠시 후 아버지는 영원히 눈을 감으셨다. 어머니는 내가 병실을 나서는 순간부터 아버지의 상태가 급격히 안 좋아지셨다고 했다.

그리고 의식이 없는 상태에서 누군가를 기다리고 있는 것처럼 보였다고 말씀하셨다. 지금 생각해보면 평소 그렇게 좋아하던 며느리와 손주를 만나고 싶으셔서 기다리셨던 것 같다.

자기 할아버지를 똑 닮은 아이를 보는 순간 난 돌아가신 아버지가 환생해서 또 호통치러 오신 줄 알고 긴장한 것이다. 하지만 시간이 지날수록 아이가 너무 보고 싶어졌다. 무섭지만, 내가 많이 사랑했던 그리운 아버지의 모습을 꼭 닮은 아이를 향해, 나는 아들 바보가 되어가고 있었다.

산후조리원에 가다

아이가 태어난 지 3일째 되던 날 우리는 산후조리원에 들어갔다. 출산 전 어떤 산후조리원을 가야 할지 참 고민을 많이 했었는데 우리가 결정한 곳은 병원에 함께 딸린 산후조리원이었다. 그런데 내가 생각했던 것보다 비용이 꽤 비쌌다(마사지 비용을 합쳐서 235만 원 정도였던 것 같다). 산후조리원은 산부인과와 연계되어 함께 운영되는 곳도 있고 별도로 산후조리원만 운영하는 곳도 있다. 조금씩 다르지만 일반적으로 산후조리원은 남편을 제외한 외부인의 출입을 금한다. 면역력이 약한 신생아의 건강을 보호하기 위해서다.

내가 병원 내에 함께 있는 산후조리원을 선택한 이유는 단 하나, 아이의 건강 문제를 최우선으로 했기 때문이다. 혹시라도 아이의 건강에 문제가 생겼을 때 병원과 산후조리원이 떨어져 있다면 갓난아이를 데리고 병원을 오가야 하는 불편이 있다. 더욱이 아직 태어난 지 얼마 되지 않은 아이와 바깥 외출을 하는 게 좋지 않다는 생각도 들었다(아이가 태어난 게 추운 1월이었기 때문에 더더욱 그랬다).

아내는 산후조리원에서의 생활에 대부분 만족했는데 딱 한 가지 스트레스 받는 일이 있다고 했다. 바로 '수유콜'이라고 부르는, 모유 수유 시간이었다. 신생아의 경우 수유텀이 한두 시간 정도로 짧아서 산모가 좀 쉬거나 자려고 하면 어김없이 호출벨이 울린다. 우리가 있었던 산후조리원은 특히 모유 수유의 중요성을 강조하는 곳이라 좀 더 철저하지 않았나 생각한다.

그럴 때는 참 남편으로서 미안하기만 하다. 출산의 고

통도, 출산 후 육아도 당장 도움되는 게 없어서 그런지 가시방석 같기만 했다. 막말로 내가 수유를 대신해 줄 수 없으니 그저 아내에게 미안하고 고맙다는 이야기만 되풀이할 수밖에 없었다. 아내가 힘들어하는 모습을 볼 때면 '그냥 분유를 먹이면 안 되나?'라는 생각이 들기도 했다. 모유 수유를 100% 하든, 모유와 분유를 섞여 먹이든, 분유만 먹이든 이 세상의 모든 엄마들은 참 대단하고 아름답다는 생각이 들었다.

그리고 산후조리원에서 난생 처음으로 아이의 기저귀를 갈게 되었는데 처음으로 건우(우리 아이의 이름이다!)의 똥을 본 순간 나는 감격에 젖고야 말았다. 이게 구슬인지 아이스크림인지 분간이 되지 않을 정도로 너무나도 귀엽고 앙증맞았다. 당연히 냄새 따윈 느낄 새가 없었다. 아니, 정말로 냄새가 나지 않았다(지금은 당연히 아니다. 아이는 아이고, 똥은 똥이다!). 다행히 변도 잘 보고 모유도 잘 먹던 건우가 어느 날 얼굴이 노랗게 되었다. 황달이 찾아온 것이었다. 처음에는 예상치 못한 일에 아내도 나도 많이 놀랐지만 건우는 간단한 치료를 받은 뒤 곧 호전되었다. 나중에 안 사실이지만 신생아에게 황달은 흔한 일이라고 했다. 아이를 만난 건 너무나도 감격스럽고 기쁜 일이었지만 그만큼 소중한 존재이기에 작은 바람에도 부모 마음은 롤러코스터를 타듯 철렁한다는 것을 나는 이때 처음으로 알게 되었다.

 신생아 황달의 원인

흔히 볼 수 있는 신생아 황달의 원인은 아래와 같습니다.

1) 생리적 황달

태아기에서 신생아기로 넘어오는 과정에서 자연적으로 발생하는 가벼운 황달이며, 대개 저절로 좋아집니다. 하지만 아기의 머리에 혈종이 있거나 광범위한 피하 출혈이 있는 경우에는 치료가 필요합니다.

2) 모유 황달

모유를 먹이는 아기는 분유를 먹이는 아기에 비해서 신생아 황달이 더 잘 생깁니다. 모유 수유하는 아기의 13%에서 생후 1주 내에 혈청 빌리루빈 농도가 12mg/dL 이상 증가하는데, 이것은 모유 수유가 충분하지 않아서 생긴 탈수나 칼로리 섭취 감소 때문에 발생하며, 이를 조기 모유 황달이라고 합니다.

모유 수유하는 아기에게 물이나 포도당액을 먹이면 칼로리 섭취를 더욱 감소시켜서 황달이 더 심해질 수 있습니다. 따라서 출생 후에 되도록 빨리, 하루 10회 이상, 새벽에도 중단하지 않고 꾸준히 모유 수유를 하는 것이 신생아 초기에 발생하는 조기 모유 황달을 감소시키는 데 도움을 줍니다.

3) Rh 혈액형 부적합성 황달

신생아 황달 중에서 가장 위급한 경우로서 용혈성 빈혈을 동반하며, 산모가 Rh 음성 혈액형이고 아기가 Rh 양성 혈액형일 때에 발생합니다. 출생 당일부터 황달이 나타나서 빠르게 진행하며, 합병증으로 핵황달이 오기 쉬워 시급한 치료가 필요합니다. 첫 번째 임신으로 태어난 아기에서는 대개 증상이 없거나 가볍지만, 두 번째 임신으로 태어난 아기는 증상이 심해지며, 임신 횟수가 늘어날수록 더욱 더 증상이 심해집니다. 용혈 현상이 아주 심한 경우에는 사산하기도 합니다.

4) ABO 혈액형 부적합성 황달

대개 산모의 혈액형이 O형이고 아기가 A형이나 B형일 때에 발생합니다.

첫 번째 임신에서부터 발생할 수 있으며, Rh 혈액형 부적합의 경우보다 빈혈과 황달의 정도가 가볍습니다.

5) 기타 원인

만일 신생아 황달이 광선 요법으로 치료해도 호전되지 않으면 신생아 간염, 선천성 담관 폐쇄증, 가족성 담즙 정체 질환, 선천성 감염 질환 등의 다른 원인을 생각해보아야 합니다.

너에겐 억만금도
아깝지 않아

베이비페어라는 신세계

사람들이 자주 하는 얘기 중에 이런 말이 있다. "마음 가는 데 돈이 간다!" 그래서일까? 사랑하는 아이에게 무엇이든 자꾸 해주고 싶다. 세상에 좋다는 건 무엇이든 다. 그런데 이런 생각을 나만 하는 건 아닌가 보다. 나 같은 부모들을 위한 곳이 있었으니, 아이에게 필요한 정보를 얻고, 물품도 구입할 수 있는 베이비페어다.

　당연히 나도 베이비페어에 간 적이 있다. 사실 처음에는 그다지 기대를 하지 않았다. 뭐 물건 파는 곳이 다 거기서 거기라고 생각했었다. 다만, 한 곳에 제품들을 다 모아놓았으니 구경하기 편할 것 같았다. 그런데 행사장에 들어서는 순간 눈이 휘둥그레졌다. "우~와!" 말로 다 표현하기 힘들 만큼 다양한 제품들이 있었다. 젖병부터 시작해서 배냇저고리, 아기 욕조를 비롯해 놀이매트, 유모차 등 그야말로 아이의 의식주에 필요한 모든 물품이 즐비했다. 그 안에 있는 모든 걸 주문할 기세로 나는 행사장을 향해 돌진했다. 5년이란 짧지 않은 시간을 기다려서 얻은 아들이라 무엇이든 다 해주고 싶었다. 정신없이 다니면서 이것저것 구경하는데 아내가 내 팔을 잡았다.

"꼭 필요한 것만 살 거니까 흥분해서 이것저것 막 살 생각하지 마!"

그런 아내의 말이 야속했다. 목숨을 내어도 아깝지 않을 아이에게 돈을 아끼려고 하다니, 섭섭하기까지 했다.

"아니, 우리 형편에 이 정도 살 수 있잖아."

"옛날부터 자식을 사랑할수록 적당히 부족하게 키우라고 했어."

아내는 단호했다. 솔직히 아내 말이 틀린 건 아니었지만 그래도 섭섭한 마음을 감출 수 없었다. 결국 시무룩한 표정을 하고 아내를 따라다녔다. 아내는 그런 나를 못 본 체하고 앞섰다. 그런데 아내가 유모차 코너도 지나치는 게 아닌가?

"여보, 유모차는 사야지."

"됐어. 언니한테 물려받을 거야."

맙소사. 건우를 유모차에 태우고 공원 산책을 하는 여유를 꿈꿨건만! 유모차만큼은 양보할 수 없었다.

"아무리 그래도 이건 4~5년은 쓸 텐데. 유모차는 새로 사자. 아니, 구경이라도 하자."

결국 아내는 어떤 종류가 있는지 보기만 하겠다며 되돌아왔다. 나는 그때 처음 알았다. 유모차도 차랍시고 대형 · 중형 · 소형으로 나누어진다는 것을 말이다. 대형은 바퀴도 크고 승차감도 좋아 보였지만 무게가 상당했다. 이동할 때 승용차에 싣고 다니기에는 힘들 것 같았다. 소형은 가벼운 대신에 신생아가 타고 다닐 때 흔들림이 심해 충격을 많이 받을 듯 보였다. 결국, 중형이 마음에 들었다. 적당한 크기에 접이식이라 승용차 뒤 트렁크에도 충분히 들어갈 것 같았다. 그런데 비용을 듣는 순간 내 귀를 의심했다.

"네? 100만 원이라고요?"

행사장의 직원은 놀란 내 모습에 아랑곳하지 않고 인기 상품이라 언제 품절될지 모른다는 말을 남긴 채 사라졌다. 마음 같아서는 당장 사고 싶었지만 예상보다 비싼 가격이 자꾸 발목을 잡았다. 그 순간 모든 상황을 지켜본 또 다른 직원이 다가와 솔깃한 이야기를 해주었다.

"지금 보고 계신 유모차를 저렴하게 사실 방법이 있습니다."

"어떻게요?"

"전시 상품을 사면 됩니다. 전시 상품은 30% 할인해드리거든요. 새 상품을 전시하는 거라 사용하시는 데는 아무런 문제가 없습니다. 가지고 가셔서 한 번 닦으시면 새 상품과 같습니다. 아시는 분들은 서로 못 사 가셔서 난리라니까요."

그랬다. 할인 폭도 크지만, 구매 시 주는 특전도 모두 다 포함이었다. 다만 행사 끝나는 날 폐점 직전에 직접 받아 가야 한다는 번거로움만 있을 뿐이었다. 우리가 잠시 머뭇거리는 사이 옆에서 전시품이 하나둘 팔려나갔

베이비페어 방문 시 유용한 팁

1. 베이비페어 입장료는 현장에서 구매할 경우 5,000원이지만 사전 예약 시 무료 입장이므로 꼭 미리 신청하도록 하자.
2. 전시 상품의 경우 새 상품에 비해 적게는 15%, 많게는 50%까지 할인해주니 이를 활용하는 것도 도움이 된다. 단, 전시 상품은 금방 품절되기 때문에 행사 첫날 일찍 가서 예약하는 것이 좋다.
3. 참여 업체도 많고 물품의 종류도 다양하기 때문에 미리 구입할 품목을 적어 가야 불필요한 지출을 막을 수 있다.
4. 행사장 내부에는 따로 쉴 공간이 충분하지 않기 때문에 산모의 경우 컨디션 조절에 신경 써야 한다.

다. 결국 우리는 안 사면 손해라는 생각에 유모차 전시품을 구입했다.

유모차 다음으로 관심을 가졌던 곳이 사진 스튜디오였다. 산후조리원 연계 스튜디오에서 계약을 할 수 있었지만, 지나치게 고가의 상품을 권유하는 판에 우리는 그곳과 계약을 하지 않았다. 역시나 베이비페어에서도 많은 부모들이 상담을 받고 있었다. 그도 그럴 것이 부모들에게 아이의 성장 앨범은 어떤 것과도 바꿀 수 없는 추억이기 때문이다. 하지만 이번에도 만만치 않은 비용이 문제였다. 만삭부터 시작해 신생아, 50일, 100일, 200일, 돌 등 구성에 따라서 적게는 100만 원, 많게는 수백만 원에 이르렀기 때문이다.

'가격이 부담스럽기는 하지만 아이의 추억을 돈에 비할 수는 없지.'

당장 계약하려고 나서는 나를 이번에도 '현명한' 아내가 말렸다.

"여보, 비싼 성장앨범 대신 당신이 건우의 일상을 손수 찍어주면 어때? 난 이런 게 다 부모 욕심인 거 같아."

맞는 말이었다. 요즘은 스마트폰의 카메라 기능이 워낙 좋아서 아마추어도 제법 좋은 퀄리티의 사진을 얻을 수 있다. 또 개인 카메라나 휴대폰으로 사진을 촬영할 수 있도록 저렴한 가격에 스튜디오를 대여해주는 곳도 있다. 아내는 촬영비를 저축해 나중에 아이를 위해 유용하게 사용하면 어떻겠냐고 설득했고, 나는 더 이상 고집을 부릴 수 없었다.

너에게 줘야 하는 건 장난감이 아닌 사랑이야

우리의 첫 번째 베이비페어 나들이는 이렇게 끝났다. 하지만 아이를 위한 나의 구매 욕구는 멈출 날이 없었다. 아들이 5개월 차에 들어서면서 한쪽으로 몸을 뒤집기도 하고 엎드려서 고개를 90도로 들기도 했다. 그래서 이 시기부터는 아이의 활동을 도와주는 장난감들이 눈에 띄었다. 그런데 신기한 게 많은 장난감 이름 앞에 '국민'이라는 타이틀이 붙어 있다는 점이었다. '국민 모빌', '국민 촉감책', '국민 식판', '국민 보행기' 등등 종류만도 어마어마했다. 국민이라는 말을 듣자마자 나도 사야 할 것 같은 생각이 들었다. 그런데 실제로 구입해서 사용하다 보니, 몇 가지 아쉬운 생각이 들었다.

일단 비싸다. 하물며 사용 기간이 길지 않다. 아무리 국민 타이틀이 붙었다고 해도 한두 달이 채 지나지 않아 아이가 싫증을 내거나 발달 시기가 지나 더 이상 필요하지 않게 됐다. 그래서 우리는 건우보다 조금 빨리 태어난 아이를 키우는 친구들에게 빌리거나 인터넷에서 중고로 구입했다. 게시물을 꼼꼼하게 살피면 사용한 지 얼마 안 된

깨끗한 제품을 정가의 반도 안 되는 가격에 구입할 수 있었다. 또 건우가 사용하고 난 뒤 다시 되팔아 실제로 지불한 가격이 거의 없을 때도 있었다. 그때는 몰랐지만, 나중에 알고 보니 전국 각지에 장난감을 무료로 대여해주는 곳이 상당히 많다는 것도 알게 되었다. 지역별로 조금씩 다르지만 육아종합지원센터나 가까운 주민센터, 도서관 등에 문의하면 장난감 대여에 대해 안내받을 수 있다.

부모라면 누구나 아이에게 좀 더 좋은 걸 해주고 싶은 마음이 든다. 이해한다. 나 역시 그랬으니까. 하지만 아이는 비싼 장난감과 새 물건을 알지 못한다. 그 모든 것은 부모의 만족을 위한 행동일 뿐이다. 아이가 어릴 때는 최소한의 물건으로 아이와 충분히 교감을 나누는 일이 그 어떤 장난감보다 아이를 기쁘게 한다.

어쩌다
아빠 육아

아내에게 찾아온 산후우울증

처음부터 내가 육아에 적극적이었던 건 아니었다. 지금
의 아내를 만나지 않았다면 언제까지고 '육아는 엄마의
몫'이라고 생각했을 것이다. 대다수의 한국 남자들처럼
나 역시 그렇게 배우며 자랐으니까. 하지만 아내는 내가
지금껏 자라온 환경과, 배웠던 문화 모두를 되돌아보게
했다. 이쯤에서 결혼 전 프러포즈 이야기를 살짝 해볼까
한다.

　여자들에게도 설렐 일이지만, 남자들에게도 프러포즈

는 엄청난 긴장감을 안겨준다. 원래 내 계획은 이랬다. 아내와 연극을 보러 가서 많은 사람들이 보는 앞에서 내 마음을 고백하고 남들이 부러워할 만한 멋진 이벤트를 펼치는 것. 그런데 내 아내는 눈치가 빠른 사람이었다.

"남들 앞에서 보여주기식 이벤트는 정말 싫어"

결국 내 모든 계획은 무산되었다. 결혼식 날짜는 다가오는데 어떻게 해야 하나 고민만 하다가 끝내 프러포즈를 하지 못했다. 그래서 나는 지금도 드라마에서 프러포즈 장면이 나오면 채널을 돌리거나 화장실로 도망가고 싶어진다.

그때의 미안함과 보잘것없는 나를 인생의 반려자로 택해준 아내에 대한 고마움이 나를 육아하는 아빠로 변신시킨 계기가 아닐까 싶다.

또 한 가지, 내가 마음을 다잡게 된 일이 있다. 출산 후 3개월이 되었을 무렵, 아내가 갑작스럽게 담석 수술을 받게 되었다. 사실 처음에는 '아이도 낳고 수술까지 받으니 얼마나 힘들겠어'라는 마음만 들었지 특별히 어떤 행동을 한 것은 아니었다. 그런데 시간이 지나도 아내의 몸과 마음이 나아지지 않았다.

아내는 특별한 이유 없이 불안감을 느끼고, 가슴이 답답하다며 창밖을 보는 경우가 많았다. 그런데 시간이 흐르면서 집에 머무는 자체가 너무 괴롭다고 했다. 그 뿐만 아니라 불면증에 시달렸고 점점 예민해졌다. 결국 우리는 정신건강의학과에 상담을 받으러 갔고, 산후우울증이라는 진단을 받았다.

산후우울증 자가진단(각 문항에 답을 한 뒤 해당하는 점수를 모두 합산합니다)

1　지난 1주 동안 나는 웃을 수 있고 재미있게 생각해왔다.

내가 할 수 있는 한 많이 그래왔다.	0점
아주 많이는 아니다.	1점
약간 그러했다.	2점
전혀 그러지 못했다.	3점

2　나는 이 일이 잘 될 것이라고 기대했다.

그렇다.	0점
예전만큼은 기대하지 않았다.	1점
예전에 비해 거의 기대하지 않았다.	2점
전혀 기대하지 않았다.	3점

3　나는 이 일이 잘못되어 가면서, 불필요하게 내 자신을 탓해왔다.

대부분 그랬다.	3점
종종 그랬다.	2점
거의 그렇지 않았다.	1점

전혀 그렇지 않았다.   0점

---

4 나는 특별한 이유 없이 불안하고 걱정스러웠다.

전혀 그렇지 않았다.   0점
거의 그렇지 않았다.   1점
종종 그러했다.   2점
자주 그러했다.   3점

---

5 나는 이유 없이 두려움이나 공포감을 느껴왔다.

꽤 자주 그러했다.   3점
가끔 그러했다.   2점
거의 그렇지 않았다.   1점
전혀 그렇지 않았다.   0점

---

6 나는 이 일에 압도되어왔다.

대부분 시간 동안 전혀 이 일을 처리할 수 없었다.   3점
때때로 잘 처리할 수가 없었다.   2점
대부분 잘 처리했다.   1점
보통 때와 마찬가지로 잘 처리했다.   0점

---

7 나는 너무 불행해서 잠을 잘 수가 없었다.

대부분 그러했다.   3점
종종 그러했다.   2점
거의 그렇지 않았다.   1점
전혀 그렇지 않았다.   0점

---

8 나는 슬프거나 불행하다고 느껴왔다.

대부분 그러했다.   3점
종종 그러했다.   2점
거의 그렇지 않았다.   1점
전혀 그렇지 않았다.   0점

---

9 나는 너무 불행해서 계속 울어왔다.

거의 대부분 그러했다.   3점

꽤 자주 그러했다.		2점
때때로 그러했다.		1점
거의 그러지 않았다.		0점

10 내 자신을 해하고 싶은 생각이 떠올랐다.

거의 대부분 그러했다.		3점
꽤 자주 그러했다.		2점
때때로 그러했다.		1점
거의 그러지 않았다.		0점

10점 미만 대체로 평안한 상태입니다.

항상 지금과 같이 늘 긍정적인 마음으로 행복함을 추구한다면 언제나 잔잔한 강물 같은 삶을 누릴 수 있답니다.

10점 이상 12점 미만 무시하기엔 힘든 상태입니다.

일은 쌓여 있고 누구 하나 편안함을 주는 사람이 없나요? 지금의 당신에게는 여유와 평화로움이 절대 사치가 아닙니다. 만약 이런 상태가 두어 달 이상 지속된 경우라면 전문가의 도움이 필요합니다.

12점 이상 심한 우울 상태로 보입니다.

아기는 주위에 믿을 수 있는 사람에게 맡기고 우선 자기 자신을 챙기세요. 그리고 가능한 한 빨리 전문가에게 도움을 청하세요.

출처 : [네이버 지식백과] 산후우울증 자가진단

여보! 복직하려고?

상담 받는 내내 아내의 진지함이 느껴졌다. 하지만 모유 수유를 지속하기 위해 약 처방을 거부했다. 의사 선생님은 약물 치료 외에 다른 방법을 소개하면서 혹시 출산 전 직장을 다니셨다면 다시 직장 생활을 하면서 사람들과 소통하는 것도 좋은 방법이라고 말씀하셨다. 순간 아내는 고개를 휙 돌리더니 나를 바라보았다. '뭐지, 이 느낌은?' 아내가 직장에 다니려면 아이를 돌봐줄 사람이 필요해진다. 그런데 날 쳐다본다는 건? 그렇다. 내가 맡아야 한다는 뜻이다.

"일하러 가고 싶어?"

"그래도 돼?"

아내가 직장에 다녀도 되냐고 묻는 순간, 이미 나의 육아는 시작되었다. 내가 설득해서 찾아간 병원이었기에 못하겠다고 할 수도 없었다. 물론 베이비시터를 고용하자고 할 수도 있었겠지만, 이미 나는 아내에게 충분히 미안한 상황이었다. 인공수정에, 출산에, 쓸개 수술과 산후우울증까지 온 아내에게 'NO' 할 자신이 없었다. 그리고 이미 난 디지털 기기만 있으면 장소와 시간에 구애를 받지 않고 일을 할 수 있는 '디지털 노마드족'이 되어 있었으니 육아를 할 수 있는 최적의 조건이었다.

그렇게 아내는 복직을 선언했고 우연인지 필연인지 나의 육아도 함께 시작되었다.

남편
사용설명서

나 좀 칭찬해줘요

아빠 육아를 꿈꾸는 아내 분들께 부탁하고 싶은 말이 있다. 바로 자존심을 지켜주라는 것이다. 나는 신혼 초부터 아내를 위해 식사 담당을 자처했다. 그리고 출산 후에는 육아를 결심했다. 이쯤 되면 남자들은 아내의 칭찬을 기대한다. 아니, 적어도 나는 기대했다. '육아하며 돈도 벌어 오니 이만하면 예쁘잖아?' 그런데 아내는 그게 아니었나 보다.

돈? 가장인데 당연히 벌어야지. 육아? 당신이 낳아만

주면 알아서 다 키운다 했잖아? 그러니 당연히 해야지. 물론 진짜 속마음이 어떤지는 나도 모른다. 내게 있어 표현은 이러했다는 것이다. 여기서 끝이 아니다. 난 매일 혼이 났다. 설거지했으면 마무리를 잘해야지 주변에 물이 다 튀어 있다고 혼나고, 아들 옷을 갈아입혔으면 빨래통에 넣어야지 바닥에 두었다고 혼나고, 복숭아를 사과 깎듯이 했다고 또 혼이 난다. 이뿐이 아니다. 아내가 퇴근하고 신경 쓰지 않게 미리 빨래를 해두었더니 빨래 널 때 탁탁 털지 않았다고 또 혼이 났다. 이 외에도 음식물 쓰레기, 분리수거 등등 내가 혼날 일은 사방에 널려 있었다.

아내는 본래 직설적이고 솔직하게 표현하는 편이다. 그래서 때때로 상대방에게 뜻하지 않게 상처를 주곤 한다. 나 역시 지난 10년 동안 아내의 말 때문에 크고 작은 상처를 받았다. 그런 일이 반복되니 아내가 딱히 뭐라고 하지도 않았는데 지레 주눅이 들고 기가 죽어 있고, 아내의 눈치를 살피게 되었다. 그러던 중 건우가 네 살 때 아내의 인사 발령으로 주말부부를 시작하면서 이른바 '독박 육아'를 시작했다. 일반적으로는(일반적이라는 말이 정확히 맞는지는 모르겠지만 많은 경우) 엄마가 아이를 돌보지

만 우리 집은 아빠 육아의 시작이었다. 건우가 감기라도 걸리게 되면 마주 보며 대화하는 내가 바로 옮았다. 주말이 되어 집으로 돌아온 아내에게 건우 돌보다가 감기 옮아서 힘들었다고 말하면 따뜻한 위로보다는 자기 몸 하나 관리 못한다는 핀잔을 들어야 했다. 서운함이 가슴에 사무쳤다. 해도 해도 너무하는 거 아닌가. 도대체 나더러 얼마나 잘하라고 저러는 건지. 정말 육아를 때려치우고 싶었다. 급기야 내가 죽어야 내 가치를 알아줄까라는 극단적인 생각에까지 이르렀다. 육아 우울증이었다. 결국 나는 이 일로 인해 1년 동안의 독박 육아를 청산하고 아내의 근무지인 포항으로 이사를 했다.

　하루는 다섯 살 아들이 목욕탕에서 나와 함께 목욕을 하다가 이런 말을 했다.

"아빠, 내가 지켜줄게."

"응, 건우가 아빠를 지켜준다고? 왜?"

"아빠는 만날 엄마한테 혼나잖아. 내가 혼내지 말라고 말해줄게."

　아들 눈에도 아빠가 매번 엄마에게 혼난다고 비쳤나

보다. 순간 눈물이 핑 돌았다. 아들의 말에 그나마 있던 자존심도 다 무너져버렸다. 아들에게 든든한 버팀목이 되어주고 싶었는데, 아들이 아빠를 지켜주고 싶을 만큼 불쌍해 보였으니 내 심정이 오죽할까?

잠시 후 집으로 돌아온 아내에게 목욕탕에서 있었던 일을 이야기했다. 아내도 좀 미안했던지 아이를 불러 "엄마가 아빠한테 화내는 거 아니야. 엄마가 앞으로 조심할게"라고 말했다.

이 사건 이후 아내는 많이 달라졌다. 아이가 앞에 있으면 한 번 더 생각하고 말을 하거나 불같이 화를 내기보다는 차분하게 대화하려고 노력하는 편이다. 건우가 나를 지켜준다는 말이 통한 셈이다.

남자의 인생은 자존심에서 시작된다

남인숙 작가의 『여자의 모든 인생은 자존감에서 시작된다』라는 유명한 제목의 책이 있다. 그만큼 자존감이라는 것이 여성에게 중요하다는 뜻일 테다. 반면에 남자들에겐 자존심이 중요하다. 자존감과 자존심은 무엇이 다를

까? 자존감은 자신에 대한 존엄성이 타인들이 아니라 스스로에 의해 결정된다. 반면 자존심은 남에게 굽힘이 없이 자기 스스로 높은 품위를 지키는 마음이다. 핵심은 '남에게 굽힘없이'다. 그런데 아내가 혼을 낸다면 남자는 굽히거나 굽히지 않거나 둘 중의 하나를 선택해야 한다. 굽히게 되면 자존심이 무너지는 일이다. 그 반대라면 부부싸움이 벌어진다. 그렇다면 어떻게 해야 할까? 나는 아내에게 잘못을 지적하기보다 내 행동이 조금 부족하더라도 칭찬을 해달라고 부탁했다. 그래야 내가 더 잘할 수 있다는 말과 함께. 이기적일지 모르겠지만 나라는 존재는 그렇다. 아내가 날 사랑할수록, 다정하게 대할수록 점점 더 아내가 원하는 남편이 되고 싶다.

육아에 적극적으로 참여하도록 하는 남편 응원법

1. 잘못을 지적하기보다 잘한 점을 먼저 칭찬하고 이 부분이 조금 아쉬웠다고 차분히 이야기한다.
2. 여러 가지 일을 동시에 시키지 않고, 한 가지 일을 끝마칠 때까지 기다려준다.

3. 결과물이 만족스럽지 않더라도 핀잔하며 뒤처리하기보다는 일단 지켜보며 다시 한 번 기회를 준다.
4. 노력에 대한 인센티브를 준다.
5. 1에서 4가 완벽하게 이루어질 때 새로운 일을 부여한다.

아빠가 되어
엄마를 떠올리다

어른들은 몰라요

여자들끼리 공감하는 엄마와 관련된 몇 가지 이야기가 있다. 결혼 전날 엄마 생각에 눈물을 훔치고, 애 낳을 때는 엄마한테 못한 게 생각나서 울고, 아기 키울 때는 '결혼해서 너 닮은 아기 낳아 봐라'라는 엄마 말씀이 떠올라서 통곡한단다.

그럼 남자들은? '딱 너 같은 놈 낳아서 키워봐'라고 아무리 말해봤자 육아를 직접 해보지 않았으니 '애를 어떻게 키웠길래 이 모양이야'라는 못된 소리만 할 줄 알지 아버지 마음을 알 리가 없다.

그래서 남자들이 아들에게 해줄 말이 별로 없는 거다. 요즘 나처럼 육아하는 아빠들이 많은 이유는(오해하지 않길. 온전히 내 생각이다) 아버지 세대의 엄격함과 무관심에 지친 아들들의 '멋진 반항' 같다.

내가 육아를 하다 보니, 자연스럽게 자식을 위해 희생했던 엄마의 감정을 이해할 수 있게 되었다. 물론 아버지가 우리를 위해 희생하지 않았다는 뜻은 아니다. 한 집안의 가장으로서 가족을 먹여 살리기 위해 돈을 벌어야만 했으니까. 하지만 아이들은 누가 돈을 벌기 위해 얼마나 애썼는지는 전혀 알지 못한다. 그저 누가 나랑 시간을 더 오래 보내주었느냐, 누가 함께 놀아주었느냐만 기억할 뿐이다.

어린 시절 자주 불렀던 노래 가사를 떠올려보자. "우리가 무엇을 좋아하는지 어른들은 몰라요. 장난감만 사주면 그만인가요. 예쁜 옷만 입혀주면 그만인가요." 이 노래의 마지막은 이렇게 끝난다. "언제나 외로운 우리들을 따뜻하게 감싸주세요. 사랑해주세요." 결국, 돈보다는 사랑이다.

어머니, 내 어머니

육아를 시작하면서 힘이 들 때마다 나도 엄마 생각이 났다. 내가 어린 시절 기억하는 우리 집은 늘 사람이 많았다. 남의 집에 세들어 살던 넉넉치 않은 형편이었지만 당시 우리 집에는 나의 고종사촌 형들과 누나 그리고 삼촌까지 같이 살았다. 어머니는 매일 새벽같이 일어나 고등학생 형들 도시락 아홉 개를 준비했고 일곱 식구(아버지, 어머니, 나, 동생, 고종사촌 큰형, 작은형, 삼촌)의 청소와 빨래까지 도맡아하셨다. 세탁기도 없던 시절, 얼음물에 그 산더미 같은 빨래를 하신 이야기를 들을 때면 아들로서 마음이 아프다. 아마 요즘 세상에 이런 일이 있다면 이혼 사유 1번이지 않을까? 그런데 난 이리도 힘들게 사셨던 엄마에게 못된 아들이었다. 사촌 형들이 대학생이 되고, 내가 초등학교 2학년이 되어서야 우리는 임대 아파트에 입주하게 되었다. 하지만 여전히 우리 집은 가난해서 초등학교 6학년이 될 때까지 학원에 다니거나 책을 살 수가 없었다. 그때마다 나는 엄마에게 악을 쓰고 대들었다. 왜 우리 집은 가난하냐고, 왜 나는 학원도 못 다니고 책도 못 사냐고, 이게 다 엄마 때문이라고 철없는 소리를 해댔다.

그렇게 불효를 저질렀건만 내가 아이를 낳고 나니 또다시 불효가 시작되었다. 육아와 일을 병행해야 했던 난 어쩔 수 없이 엄마의 도움을 받을 수밖에 없었다. 아니, 정확히 말하자면 '무조건 도와주셔야 해요'라고 통보했다. 처가댁은 멀리 떨어져 있는 데다 농사일을 하고 계셔서 현실적으로 도움을 주기 어려웠다.

우리 엄마는 내 요청에 단 한 번도 싫은 내색 없이 새벽같이 일어나 지하철로 1시간 30분이나 걸리는 우리 집에 달려오셨다. 그리고 늘 웃으며 배웅해주셨다. 하루는 점심 식사 후 어머니께 "잘 먹었습니다"라고 인사하니 "내가 네 덕분에 잘 먹었지"라고 하셨다. 순간 눈물이 핑 돌아 "제가 이만큼 사람 구실하고 살 수 있는 건 못난 아들 투정 다 받아주시면서 키워주신 엄마 덕분입니다. 고맙습니다"라고 말했다. 엄마는 대답 없이 빙그레 웃으셨다. 아마 이제 좀 철들었다고 생각하셨을 것 같다.

풍수지탄이라는 말이 있다. 지금은 해외여행도 모시고 갈 수 있을 만큼 나도 성장했고 경제적 여건도 되지만 몸이 편찮으셔서 그렇게 할 수가 없다. 그래서 마음이 아프다. 그런 엄마를 위해 내가 무엇을 할 수 있을까? 못난 아들은 오늘도 고민에 빠지고는 한다.

Chapter
2

오늘부터
아빠 육아

세상에서 가장 힘든
직업, 엄마

해도 해도 끝이 없는

교사인 아내는 복직 신청을 하고 이내 고등학교로 출근을 했다. 이제 아내의 간섭 없이 내 소신대로 건우를 키워보리라. 그런데 아내가 출근을 해도 내 삶은 거의 변하지 않았다. 아니 전보다 일이 더 늘어난 느낌이었다. 육아라는 일은 참 이상했다. 몸도 쓰고 머리도 써야 하는 3D (힘들고Difficult, 더럽고Dirty, 위험한Dangerous) 업종이었다. 나도 집에서 애나 보면 좋겠다고 말한 사람들에게 당장 달려가 따지고 싶은 심정이었다. 자, 다시 본론! 그런데 육아가 왜 기피 업종일까?

첫째, 미치도록 힘들다. 이건 말 안 해도 이해할 것이다. 근무 시간이 무려 24시간이나 된다. 정해진 휴식 시간도 없으며, 정해진 식사 시간도 없다. 그렇다고 공휴일이 있는 것도 아니다. 심지어 월급 한 푼 주지 않는다. 아무리 고된 3D 업종이라고 해도 이런 직업은 없을 것이다.

지난 2014년 유튜브에 영상 하나가 올라왔다. 'World's Toughest Job(세상에서 가장 힘든 직업)'이라는 주제의 영상으로 조회 수가 무려 3,000만 회를 웃돈다. 이 영상은 몰래카메라 형식인데 구직자들을 대상으로 화상통화를 통해 면접을 보는 형식으로 진행되었다. 업무 내용을 들은 구직자들은 그 누구도 이 직업을 선택하지 않았다. 그리고 마지막에 면접자들이 도대체 이런 직업이 세상에 있기는 하느냐고 되물었다. 진행자가 "Mom(엄마)"이라고 답했고 그들은 숙연해졌다. 육아가 뭐가 힘드냐고 아직도 생각하는 사람이 있다면 꼭 이 영상을 찾아보길 바란다.

둘째, 더러운 일도 해야 한다. "에이, 귀엽기만 한 애랑 있는데 더러울 게 뭐가 있냐고?" 모르는 소리다. 내 아이

변이라고 향기가 나는 건 아니다. 처음 태어나서 본 건우의 변은 구슬 아이스크림처럼 동글동글 예쁘기만 했었다. 그런데 10개월 정도 성장하고 나니 어른하고 똑같다. 냄새도 지독하고 '뚱뚱한 응가'를 보면 '이 녀석이 사람이 다 되었다' 싶은 생각이 든다. 그 외에도 밥을 먹다가 묻히고 흘리는 건 예사고, 왈칵 토하기도 한다. 그때마다 '잔해'를 처리하는 건 온전히 내 몫이다.

셋째, 소리 소문 없이 위험에 노출된다. 식사를 따로 할 여유가 없이 아이에게 이유식을 떠먹이면서 동시에 나도 한두 숟갈 허겁지겁 음식을 삼키는 경우가 다반사다. 어떨 때는 아이가 내게 안겨 잠이 든다. 잠든 아이를 이불 위에 내려놓으니 마구 울어대서(이런 현상을 아이가 등센서를 장착했다고 부른다) 어쩔 수 없이 어깨에 아이를 걸치고 밥을 먹은 적도 있다. 결국 만성 소화불량과 역류성 식도염이 찾아왔다. 그럴 때마다 가슴이 답답해졌고 스멀스멀 스트레스가 치솟았다. 과자와 탄산음료로 손이 갔다. 나중에 안 사실이지만 다른 엄마들도 과자를 많이 먹는다고 했다. 과자를 씹을 때 아삭거리는 소리가 스트레스 푸는 데 도움이 된다는 것이다. 그런데 매일 탄산음료를

한 캔씩 마시다 보니 당뇨가 와버렸다. 더불어 술, 담배도 안 하는데 고지혈증도 생겼다.

현재 육아 중이거나 앞으로 아이를 키울 계획이 있는 사람들이라면 스트레스를 풀 수 있는 자신만의 효과적인 방법을 찾아보라고 권하고 싶다. 과자나 정크푸드, 탄산 음료 등을 지속적으로 섭취하는 일은 내 경험으로 미루어 보건대 정말 위험하다.

육아라고 애 밥 주고, 놀아주고, 재우는 일만 하는 게 아니다. 설거지도 해야 하고 식사도 준비해야 한다. 아내가 퇴근해서 오면 보통 저녁 7시가 넘었기 때문에 당연히 저녁 식사 준비도 내 몫이 되었다. 그 시절 우리 집의 저녁 메뉴는 김치찌개, 달걀찜 그리고 동네 반찬가게에서 산 몇 가지 밑반찬이었다(조미료를 사용하지 않는 곳을 찾기 위해 동네 반찬가게는 다 섭렵했다).

빨래는 어른과 아이용으로 분리했다. 건우 옷은 아기용 세탁기에 매일 빨았고, 우리 옷은 주말에 몰아서 아내가 세탁했다. 청소는 매일 내가 했다. 기어 다니기 시작하면서 언제 머리카락이나 이물질을 주워 먹을지 몰라 걱정되었기에 아침에는 청소기로 직접 밀었고 오후에는 로

봇청소기를 돌렸다. 내 나름대로 최선을 다했지만 역시나 아내는 뒷정리가 깔끔하지 않다는 둥 청소를 하기는한 거냐는 둥 매번 트집을 잡았다. 할 말이 수없이 많았지만 나는 묵묵히 우리 집 청소부를 자처했다.

'맘'만 들어오세요

나의 육아를 힘들게 한 건 과도한 집안일과 나빠진 건강, 아내의 잔소리만이 아니었다. 내 힘으로는 도저히 극복할 수 없는 걸림돌이 있었다.

육아를 처음 시작한 4개월은 내가 주 양육자라고 생각했었다. 그런데 그게 아니었다. 난 그저 보모였다. 그도 그럴 것이 앞에서 이야기한 것처럼 돌 전까지는 육아용품의 사용 기간이 매우 짧다. 그러다 보니 중고 거래를 많이 이용하게 되는데 물건의 특성상 지역 맘카페를 통해 거래하는 경우가 많았다. 이때 한 가지 문제가 생긴다. 아빠들은 원칙적으로는 맘카페 가입이 불가능하다. 남자라서, 맘(mom)이 아니라서다. 당연히 육아를 하며 필요한 건 아내에게 부탁할 수밖에 없었고 나는 내 마음대로 할 수 있는 게 별로 없었다. 중고 거래가 번거로워 새로 하나 사려고 하면 "뭘 또 사려고 해? 더 이상은 낭비야"라는 따가운 아내의 핀잔이 돌아왔다. 그럴 때마다 "에라 치사한 여자야. 그럴 거면 네가 다 해라!"라는 말이 목구멍까지 차올랐다. 물론 내뱉지는 않았다. 아니 좀 더 솔직히 말하자면 못했다. 이제 적응할 때도 되었건만 나는 아내가 아직도 무섭다.

문센에 나타난
두 남자

여기가 천국이로구나

돌이 지나고 15개월이 되면서 좋고 싫음이 뚜렷해져서인지 아이의 자기표현이 확실해졌다. 건우는 이 무렵 틈만 나면 밖에 나가자고 했다. 이른바 '바깥 병'에 걸린 셈이다. 평일, 주말 가리지 않고 틈만 나면 내 팔을 현관으로 쭉 잡아당기며 '으으' 거리기 일쑤다. 그래도 꿈쩍하지 않으면 자기 점퍼를 끌고 와서 내 앞에 패대기를 치는데, 그 모습이 어찌나 귀여운지 못 이긴 척하고 밖으로 끌려나간다. 건우는 날씨 사정 따윈 봐주지 않았다. 춥거나 덥거나 비가 오거나 바람이 불거나 아랑곳하지 않고 날 잡아끌었다.

사람들에게 "아빠 육아의 가장 큰 장점은 뭘까요?"라고 물으면 체력이라고 이야기할 것이다. 나 역시 비슷한 생각이었다. 남자답게, 강한 체력을 앞세워 다른 엄마들보다 육아를 수월하게 할 수 있을 거라고 자신했다. 그런데 아뿔싸! 매일 이른 아침 동네 한 바퀴로 시작해서 온종일 밖으로만 다니다 보니 육아 시작한 지 겨우 3개월 만에 체력은 바닥을 쳤다. 아마 마흔한 살이라는 적지 않은 나이도 한몫했을 것이다(단언컨대 아빠 육아는 젊을수록 좋다). 육아를 결심했을 때 자신감 넘치고 당차던 내 모습은 온데간데없고 "아, 피곤해", "어휴, 힘들어"란 말을 달고 살고 있었다.

이렇게까지 피곤해했던 건 한 가지 이유가 더 있다. 건우가 낮잠을 잘 안 잤던 것이다. 아이가 낮잠을 자야 한숨이라도 돌리는데 도통 잠을 자지 않으니 육아에 쉬는 시간이 없었다. 처음에는 엄마 품이 아니라서, 시커멓고 까슬까슬한 아빠 품이라서 잠이 안 오는 걸까라고 생각했다. 실제로 건우는 엄마 품에서는 새근새근 잠을 잘 잤기 때문이다. 그런데 이것은 단순히 엄마, 아빠의 문제가 아니었다. 엄마들은 아빠들과 달리 섬세한 정보력을 바탕으로 아이에게 응용한다. 한마디로 아이가 잘 수 있는 환경과 수면 교육을 통해서 낮잠을 유도하는 것이다. 나는 주말에 아내가 건우를 어떻게 재우는지 유심히 관찰한 뒤 나만의 방법을 찾아보았다.

첫째, 임신 상태에서 들었던 엄마의 심장 박동이 아이를 심리적으로 편하게 해준다. 가장 중요한 부분 중 하나이지만 아빠가 할 수 있는 방법이 없으니 양수 속에 있는 것처럼 느낄 수 있도록 약간의 백색소음(비 오는 소리, 폭포수 소리, 파도치는 소리, 시냇물 소리, 나뭇가지가 바람에 스치는 소리 등)을 틀어줬다.

둘째, 자는 시간과 장소를 일정하게 유지한다. 아내는 점심을 먹인 뒤 잠시 놀아주고는 암막 커튼을 쳐 빛을 차단한 상태에서 아이를 재웠다. 나는 평소 유모차를 밀어주면 잘 자는 아이의 특성을 고려해 거실에 암막 커튼을 친 후 유모차에 태워 밀어주었다.

셋째, 같은 수면 의식을 반복한다. 아내는 아이를 재울 때 조용히 노래를 불러주었다. 백색소음을 활용해도 안

자는 날에는 〈꼬마 자동차 붕붕붕〉이라는 노래를 매일 불렀다. 이렇게 아이에게 필요한 수면 습관과 환경을 일관되게 조성해주니 아이가 낮잠을 조금씩 자기 시작했다.

위의 방법이 모든 아이들에게 통하는 것은 아니다. 아이들마다 기질이 다르기 때문에 여러 방법을 두루 써보면서 자신의 아이에게 효과적인 방법을 찾는 게 중요하다. 하지만 이렇게 수면 교육을 통해 아이가 낮잠을 자기 시작해도 금세 깨고 만다. 이 시기 아이들은 숙면보다는 짧은 잠을 자주 자기 때문이다. 따라서 이 정도 쉬는 시간만으로는 방전되어 가는 나의 체력을 보충하기에 턱없이 부족했다. 어떻게든 쉴 수 있는 시간을 만들기 위한 고민이 계속됐다. 그때 떠오른 곳이 있었다. 바로 대형 할인점. 나중에 안 사실이지만 대형 할인점은 육아하는 엄마들에게는 백화점이자 호텔과도 같은 곳이었다. 여름이면 시원하고 겨울이면 따뜻한, 무엇보다 유모차 끌고 다니기도 참 편한 곳이다. 그뿐만이 아니다. 실내 키즈카페가 마련되어 있는 곳도 있어서 아이가 노는 동안 여유롭게 커피 한잔을 즐길 수 있는 휴식 공간이기도 했다. 말도 안 통하는 아이랑 단둘이만 있다가 오랜만에 눈요기도 하고 기분 전환도 하는 최적의 장소를 만난 것이다. 다만 아무리 좋은 곳이라도 아이와 관련된 돌발 상황에 대처할 수 없다면 무용지물인데 대형 할인점에는 수유실이 잘 갖추어져 있어서 걱정할 필요가 없었다. 갑자기 배고프다며 울어도 분유를 타 먹이기 편하고, 혹시나 분유 등 먹을거리를 준비하지 못했을 땐 바로 사면 되니까 이보다 좋은 곳 찾기는 쉽지 않다. 이런 훌륭한 장소가 심지어 입장료도 없고 오래 머물러도 눈치 주는 이 없으니 엄마들에게는 최고의 공간인 셈이다.

그렇다면 나 같은 아빠에게는 어떨까? 아빠들에게도 이곳은 천국이다. 요즘은 육아하는 아빠가 점점 늘어나는 추세지만 내가 처음 육아를 시작한 2015년만 해도 육아하는 아빠를 찾아보기 힘들었다(적어도 내가 살고 있는 대구에서는 더욱 그랬다). 아파트 단지 내 아이 또래 엄마들과도 어울리기 힘들었던 시기에 대형 할인점은 그 답답함을 달래주는 유일한 통로였다. 어디 아빠는 사람 아니고 기계인가. 아빠도 눈요기가 필요하다. 이런 대형 할인점에는 아빠들의 욕구를 충족해줄 것들이 정말 많다. 물건을 만들거나 수리하는 걸 취미로 삼는 공구파 아빠들에게는 즐비한 공구들이, 건담과 같은 프라모델 조립을 좋아하는 키덜트파에게는 완구들이 널려 있다. 최신 전자 제품을 선호하는 얼리어답터파 아빠들에게는 최신형 TV부터 스마트폰, 노트북까지 구경할 거리가 한가득이다. 게임 좋아하는 아빠들은 또 어떻고. 최신형 플레이스테이션 4 게임을 평일 낮에 실컷 할 수 있다는 게 말이 되냐고(물론 아이 상황에 따라 바로 중단할 각오를 해야 한다)!

나는 그중에서 레고를 좋아하는 레고파 아빠였다. 요즘은 과거와 달리 고가의 레고 제품들을 이런 대형마트에서도 쉽게 찾아볼 수 있다. 차마 레고를 구입해본 적은 없지만 아이를 돌보면서 좋아하는 레고를 실컷 구경하는 일은 눈을 반짝반짝하게 해주는 기쁨 그 자체였다. 한 손에 시원한 아이스 아메리카노를 들고 다니면서 구경하다 보면 시간 가는 줄도 몰랐다. '그래, 바로 여기가 천국이로구나.' 그런데 이 좋은 대형마트에도 한 가지 불편함이 존재했다. 바로 수유실이다. 건우의 기저귀를 갈기 위해 한 번씩 들어갈 때마다 수유하는 엄마들 눈빛에서 꼭 여자 화장실에 들어온 남자를 보는 듯한 레이저가 발사된다. 그럴 때마다 식은 땀이 흘렀지만 어쩔 도리가 없다.

용감하게 들어가서 두 눈 질끈 감고 후다닥 기저귀 갈고
나오는 수밖에.

건우의 첫 번째 수업

엄마들이 대형 할인점을 자주 찾는 이유는 또 있었다. 바
로 '문센'이다. 문센은 문화센터의 줄임말로 아이에게는
놀이를 통한 성장 발달의 기회를 주고 엄마들에게는 또
래 아이 엄마들과 소통할 기회를 주는 윈윈win-win의 장소
다. 하지만 이곳 역시 선뜻 발을 들여놓는 게 쉽지 않았
다. 수유실에서처럼 따가운 눈총을 받을 것만 같았다. 그
러던 어느 날 없던 용기가 나서 무작정 들어갔다. '그래,
뭐 죽기야 하겠어. 금남의 집이라고 써 붙어 있는 것도
아닌데'라는 생각이었다. 유모차를 밀고 들어가 보니 여
러 곳에 작은 방이 나뉘어져 있고 게시판에는 각종 프로
그램이 소개되어 있었다. 5-touch 오감발달 코칭, 트니
트니 등 이름만 들어서는 무엇을 하는 프로그램인지 도
무지 짐작할 수가 없었다. '두 살짜리가 다닐 수 있는 프로
그램이 뭐가 있나? 오감발달 코칭? 저건 무엇을 하는 거

지?' 하나도 알 수가 없었다. 어쩔 수 없이 데스크에 있는 분들께 도움을 청했더니 오감발달 코칭을 권해주었다.

실제로 수업에 참여해보니 두 살짜리 아이에게 딱 알맞은 프로그램이었다. 다행히 건우도 흥미를 보였다. 난생처음 해보는 참여 수업이고 주변에 또래 아이랑 엄마들이 많으니 신기했던 모양이다. 이렇게 우리 두 남자는 문센의 청일점이 되었다. 문센은 보통 3개월, 약 12주 단위로 수업을 하는데 나는 처음 12주간의 수업이 끝날 때까지도 프로그램에 참여한 엄마들과 친해지지 못했다. 내가 먼저 인사를 건네도 "네……." 하고는 끝이었다. 나는 이 어색함이 불편했고 건우도 좀 더 활달한 신체 활동을 경험해봤으면 좋겠다고 생각했다. 그래서 3개월 뒤에는 트니트니 수업으로 변경했다.

역시나 트니트니 수업에서도 처음에는 엄마들과 쉽게 친해지지 못했다. 난 영원한 아웃사이더인가 보다, 생각했다. 그런데 다행스럽게도 유일한 아빠인 내가 신기했는지 아이들이 하나씩 내게 관심을 보였다. 어떤 아이는 내게 와서 콧물을 닦고 가기도 하고 또 다른 아이는 건우과자를 먹고 가기도 했다. 그렇다 보니 자연스럽게 엄마들과도 대화를 트기 시작했다. 물론 우리 건우도 아빠가 아닌 그곳의 엄마들에게 달려가기 일쑤였다. 그럴 때마다 친구 엄마들은 건우에게 다정하게 말도 걸어주고 옷 매무새도 만져주고 간식거리도 나눠주셨다. 이렇게 건우는 문화센터에서 첫 친구를 사귀었고 나는 엄마들과 가까워지는 법을 배워 나갔다. 이제와 생각해보니, 문센은 나와 건우, 우리 둘 모두를 위한 수업이었다는 생각이 든다.

📢 연령별 문화센터 선호 프로그램

0~12개월 : 베이비마사지, 오감놀이, 음악놀이 수업

12~24개월 : 신체놀이, 오감놀이

24~36개월 : 미술퍼포먼스, 신체놀이, 엄마와 함께하는 발레 수업

4~5세 : 미술퍼포먼스, 창의미술, 발레, 블럭놀이, 그림동화, 책놀이

6~7세 : 키즈 요리, 보드게임, 발레, 가베, 종이접기, 클레이 등 공예, 유아 창의미술

* 지역 및 문화센터에 따라 프로그램은 다를 수 있습니다.

가출한
내 정신 좀 찾아주세요

아빠도 휴식이 필요해

육아를 시작한 첫 달은 예쁜 건우를 보는 재미가 쏠쏠했다. 그러나 그 이후 일과 육아를 본격적으로 병행하면서 어려움이 찾아왔다.

출장을 다닐 때마다 유모차를 챙길 수 없어, 아기 띠를 하고 지하철을 이용했다. 그렇게 10개월을 생활하다 보니 목, 어깨, 허리 어디 하나 성한 곳이 없었다. 예상외로 세상은 참 냉정했다. 아이를 업고 있으면 자리를 양보해줄 것으로 기대했지만 그렇지 않은 경우가 많았다. 남

자인 나도 벅찬데 나보다 몸집이 작고 힘이 약한 엄마들
은 정말 힘들겠다는 생각이 들었다. 간혹 유모차를 가지
고 지하철을 이용할 때는 주로 승강기를 탔는데 젊은 사
람이 왜 엘리베이터를 타느냐면서 욕설을 하는 어르신들
도 계셨다. 그때마다 얼마나 야속하고 섭섭하던지. 물론
대다수 어르신은 '어쩌다 애 아빠가 애를 데리고 다니노'
하면서 애처롭게 봐주셨다.

무엇보다 힘들었던 건 불규칙한 식사로 인한 소화불
량과 부족한 수면이었다. 아이 키우는 엄마들은 굳이 설
명하지 않아도 다들 알 것이다. 아이를 키우다 보면 제
때 밥을 먹을 수 없다는 것과 맘껏 잘 수 없다는 것을. 거
기다 나는 좀 예민한 편이라 주변의 부스럭거리는 소리
에도 잠을 잘 설친다. 낮에라도 좀 자두면 좋은데 아이가
자면 밀린 일을 처리하느라 바쁘고 안 자면 안 자는 대로
피로가 쌓이니 나중에는 정신이 깜빡깜빡하기까지 했다.
어떤 날은 국을 가스레인지 불 위에 올려놓고 유모차를
몰고 밖으로 나온 적도 있었다. 내가 생각해도 얼마나 어
처구니가 없던지. '가출한 내 정신 좀 찾아주세요' 하며
하소연하고 싶은 심정이었다. 그렇게 한 달 정도 버텼을

까. 참다 못해 나는 아내에게 지친 내 마음을 털어놓았다.

"이런 말하면 좀 이상하게 들을 수 있는데, 나 죽을 것 같아. 육아가 너무 힘들어. 아니, 괴로워."

정말 많이 고민하고 힘겹게 꺼낸 이야기였다. 그런데 아내의 대답은 예상 밖이었다.

"그럼 어떡해?"

나는 아내가 힘들다는 말에 바로 육아를 결심했는데 내가 괴롭다는데 어떡하냐니, 너무 서운했다. 한참 시간이 흘러 "그때 왜 그렇게 말했어?"라고 물어보니 학기 중이라 본인이 휴직할 수도 없는데 어찌해야 할지 몰라서 한 말이란다. 그 말도 일리는 있었다. 내 남편 살리겠다고 남의 소중한 자식들에게 무책임하면 안 되는 건 맞다. 적어도 선생님이라면 말이다. 한참을 고민하던 아내는 건우를 어린이집에 보내면 어떻겠냐고 말했다. '어린이집? 이제 겨우 16개월인데.' 쉽게 결정할 수가 없었다. 한 달을 더 고민했다. 나는 두 가지 이유로 인해 결국 건우를 어린이집을 보내기로 결정했다. 첫째, 부모가 불행한 마음으로 아이를 돌보면 그 불행한 에너지가 그대로 아이에게 간다는 것. 둘째, 아이가 의사 표현이 가능하다면 시도할 수 있겠다는 판단이었다. 다행히 건우는 좋고 싫음의 의사 표현이 가능했다.

건우, 어린이집에 가다

이제 어린이집을 고를 차례였다. 어린이집 선택에 있어서 제일 중요한 것은 거리였다. 최대한 가까운 곳, 이왕이면 내가 사는 아파트 단지 안이 좋았다. 아파트 단지 안에도 가정 어린이집, 민간 어린이집 그리고 공공형 어린이집 등 다양한 선택지가 있었다. 물론 내가 사는 곳이 지방이기 때문에 가능한 일이다. 수도권, 그중에서도 서울은 워낙 육아시설이 부족해 이런 선택은 꿈도 꿀 수 없다고 한다.

TIP

어린이집 종류

• 국공립 어린이집

국립 · 시립 · 구립 어린이집이라 불리며 영유아 11명 이상을 보육한다. 정부에서 관리하며 교육의 질이 높고, 양육 지원도 충실하다. 부모들의 만족도와 신뢰도가 높아 경쟁률이 높은 편인데, 6개월 이상 기다려야 하는 경우도 있다.

• 법인 어린이집

사회복지사업법에 의한 사회복지법인이 세우며 국공립 어린이
집과 비슷한 점이 많다. 종교 단체에서 운영하는 곳이 상당수다.
영유아 21명 이상을 보육한다.

• 민간 어린이집

비영리법인, 비영리단체, 개인이 운영하며 영유아 21명 이상 보
육한다. 개인이 투자한 곳이라 보육 비용에 금융 비용, 건물 감가
상각비가 포함되어 있어 국공립 어린이집보다 보육료가 비싸다.

• 직장 어린이집

사업주가 운영하며 사원의 복지를 위해 만들어 대상이 분명하게
정해져 있다. 간혹 지역 주민이나 관련 사업장의 자녀가 이용하도
록 허용하는 어린이집도 있다. 보육 정원의 1/3 이상이 해당 직장
에 근무하는 근로자의 자녀여야 한다.

• 가정 어린이집

개인이 운영하며 영유아 5명 이상, 20명 이하를 보육한다. 아파
트나 빌라 1층에서 흔히 볼 수 있는 곳으로 규모가 작다. 집과
같거나 비슷한 구조의 공간이어서 아이들이 친숙해하지만, 원장
이 교사를 겸직하는 경우가 많으며 조리사가 따로 없는 경우 청
결·위생관리 등이 꼼꼼히 이루어지는지 살펴야 한다.

• 부모협동 어린이집

보호자 15명 이상이 모여 만든 곳으로 '공동 육아 어린이집'이라
고도 한다. 영유아 11명 이상을 보육하며 부모들이 어린이집을

나는 우리 집 근처에 있는 민간 어린이집이 마음에 들었다. 그곳은 연령별로 방이 구분되어 있고 식사 준비를 하는 공간도 별도로 마련되어 있었다. 무엇보다 단지 내 단독 건물에 있어서 건물 밖에서도 아이들의 소리를 들을 수 있어 심리적으로 안심이 되었다. 또한, 특별한 사유가 없으면 5세까지 다닐 수 있는 것도 장점이었다.

가정 어린이집은 우리 집 구조와 같아서 처음에는 건우가 낯설어하지 않을 것 같았다. 그러나 공간이 민간 어린이집에 비해 협소하다는 것과 4세까지만 다닐 수 있다는 단점도 있었다. 일반적으로 아이가 다섯 살이 되면 유치원에 진학할 수 있는데 5세 이상까지 다닐 수 있는 어린이집을 선택하면 중간에 유치원으로 옮기지 않아도 된다. 어린이집과 유치원의 또 다른 차이점은 첫째, 인원수가 부족하거나 초과될 때 어린이집은 하위 연령으로 묶지만 (인원수가 3, 5, 7, 15, 20명으로 배정될 경우 만 1세가 7명, 만 2세가 5명이면 만 1세 5명이 한 반이 되고 나머지 2명과 만 2세 5명을 합쳐서 7명이 또 다른 하나의 반이 된다. 만 3세부터는 누리과정이 되어 만 3, 4세 / 4, 5세 / 5, 6세가 한 반이 될 수 있다) 유치원의 경우는 다양한 나이의 아이들이 함께 생활하기도 한다는 점이다. 둘째, 어린이집은 대체로 점심을 먹은 뒤 모든 아이들이 함께 낮잠을 자지만(아이들의 성장 발달을 위해 낮잠 시간이 반드시 있다), 유치원의 경우에는 별도의 낮잠 시간이 없다는 것이다. 가정 어린이집을 다니게 되면 5세 때 유치원으로 옮겨야 하는데 만약 내 아이의 성장 속도와 성향을 고려했을 때 낮잠이 필요하다면? 사실 단체생활에서 내 아이만 따로 시간과 공간을 할애해 낮잠을 자는 건 현실적으로 불가능한 일이다.

그래서 나는 민간 어린이집에 보내고 싶었다. 하지만 아쉽게도 마음에 들었던 곳이 3세부터 들어갈 수 있다고 해서(당시 건우는 16개월, 즉 2세였다) 일단 가정 어린이집을 알아봐야 했다. 그런데 가정 어린이집 중 어느 곳이 좋은지 도통 알 수 없었다(아파트 단지의 경우 각 동에 하나씩 있는 경우도 있어 가정 어린이집의 선택지는 꽤 넓은 편이다). 어느 가정 어린이집이 좋은지는 사실 그 동네 엄마들이 가장 잘 알고 있다. 하지만 나는 정보를 얻을 '엄마 친구'가 없었다. 결국 어쩔 수 없이 유모차를 몰고 다니거나 아이 손을 잡고 다니는 어머니들에게 무작정 물어볼 수밖에 없었다. 당연히 질문을 하기도 전에 피하시거나 모른다고 하시고 서둘러 자리를 떠나는 분들이 대다수였다. 그렇게 또 2주가 흘렀다. 그러던 중 아침에 초등학생을 키우는 엄마로 보이는 다섯 분이 모여서 이야기하는 모습이 보였다. 그런데 그중 유독 키가 크고 수려한 외모를 가지신 엄마 한 분이 눈에 띄었다. 혹시나 하는 마음으로 다가가 말을 건넸다.

"혹시 주변에 두 살짜리 아이가 다닐 만한 어린이집이 없을까요? 괜찮은 곳 아시면 추천 좀 해주세요. 부탁드립니다."

예상대로 다른 엄마들은 아이가 이미 커서 모른다고 하셨다. 다만 좀 전에 유독 빛나던 그분만이 "잠시만요" 하더니 어딘가로 전화를 걸었다.

"언니, 전데요. ○○이 작년에 다녔던 어린이집 어디였지? 거기 어때?"

한참 이야기를 나누던 그분은 전화를 끊고는 "△△어린이집이 좋다고 하네요. 아이들을 사랑으로 대해주시고, 정성껏 돌봐주신다고 해요. 단지 교육 부분은 좀 약하다고 하고요."

정성과 사랑이라니! 두 살짜리에게 교육이 뭐가 필요하겠나? 사랑이면 충분했다. 인연이었을까? 건우는 그분이 소개해준 가정 어린이집에 입소했고, 그곳에서 행복하게 지냈다. 그리고 8개월 뒤 내가 처음 보내고 싶었던 민간 어린이집(하늘성 어린이집)에 자리가 나서 옮기게 되었는데, 우연인지 필연인지 그곳에서 같은 반 친구 채연이 엄마로 다시 그분을 만나게 되었다. 내게는 너무나도 반가운 '키다리 아가씨'였다.

어린이집, 어떻게 보내는 걸까?

1. 신청 방법

임신육아종합포털 아이사랑(http://www.childcare.go.kr) 통해서 입소 우선순위를 적용하는 전체 어린이집에 대하여 입소 대기 신청이 가능(직장, 협동 제외)하다. 서울시 소재 어린이집의 입소 대기 신청 관련 문의는 서울시 다산콜센터(120)로 하면 된다.

2. 신청 시 유의할 사항

입소 대기는 출생 신고 후 연중 수시로 가능하며, 입소 대기 신청 어린이집의 수는 재원중인 아동의 경우 두 곳, 미 재원중인 아동의 경우 세 곳으로 제한된다.

어린이집의 입소 순위에 따라 배정되는데, 순위별 사항은 다음과 같다.

· 1순위 : 국민기초생활보장법에 따른 수급자, 한부모가족지원법 제5조의 규정에 의한 보호대상자의 자녀, 국민기초생활보장법 제24조의 규정에 의한 차상위계층의 자녀, 장애인복지법 제2조에 따른 장애인 중 보건복지부령으로 정하는 장애 정도에 해당하는 자(장애부모)의 자녀, 아동복지시설에서 생활중인 영유아, 국가유공자 등 예우 및 지원에 관한 법률 제4조 제1항에 따른 국가유공자 중 전몰자(제3호), 순직자(제5호, 제14호, 제16호), 상이자(제4호, 제6호, 제15호, 제17호)로서 보건복지부령으로 정하는 자의 자녀, 장애인복지법 제2조에 따른 장애인 중 보건복지부령으로 정하는 장애 정도에 해당하는 자가 형제자매인 영유아, 부모가 모두 취업중인 경우로 자녀가 3명 이상인 가구, 부모가 모두 취업중인 영유아, 자녀가 3명 이상인 영

유아, 영유아가 2자녀 이상 가구, 다문화가족지원법 제2조 제1호에 따른 다문화가족의 영유아, 제1형당뇨를 가진 경우로서 보육에 지장이 없는 영유아, 자동연계를 통해 국가유공자의 자녀로 확인되지 않는 경우, 산업단지 입주기업체 및 지원기관 근로자의 자녀로서 산업단지에 설치된 어린이집을 이용하는 영유아

· 2순위 : 기타 한부모가족지원법에 따른 한부모 가족 및 조손 가족, 가정 위탁 보호 아동 및 입양된 영유아, 형제자매가 재원중인 아동

· 3순위 : 일반 영유아

이때 1순위는 항목당 100점을 부과하며(3자녀 이상 가구 자녀 및 맞벌이는 경우 각 200점, 맞벌이면서 3자녀 이상이면 추가 300점이 부과된다) 2순위는 항목당 50점으로 산정된다. 2순위 항목만 있는 경우 접수 합계가 같거나 높아도 1순위보다 우선순위가 될 수 없으며, 1순위 항목 점수가 동일한 경우에 한하여 2순위 항목이 해당될 경우 추가 합산이 가능하다. 입소 대기 우선 순위 적용 대상은 대한민국 국적을 가진 만 0~5세 아동에 한하며(장애 아동은 만 12세) 외국인 아동의 경우 1순위와 2순위 입소 대기 항목은 선택이 불가하다.

3. 어떤 곳을 보내는 게 좋을까?
집 가까운 곳(희망 사항), 자리가 있는 곳(현실)

4. 현실 조언
· 출산하자마자 대기부터 걸어놓는 게 좋다.

· 처음부터 원하는 어린이집 배정을 못 받을 수도 있기에 일단 자리가 나면 입소한 뒤 옮기는 방법도 고려하자.
· 어린이집 선택에 있어 '원장님'을 살펴라. 좋은 원장님 밑에 나쁜 선생님 없다.

보육료 지원, 어떻게 받을까?

아이행복카드 : 만 0~5세 영유아를 대상으로 정부에서 제공하는 복지서비스(바우처)를 어린이집 및 유치원에서 통합으로 사용할 수 있는 카드다. 신용카드와 체크카드 중 선택할 수 있고 어린이집에서 유치원으로 기관 변경시 복지로 사이트(www.bokjiro.go.kr)또는 읍면동 주민센터에서 반드시 보육료, 육아학비 자격 변경 신청이 필요하다.

· 보육료 결제 방법

(1) 방문 결제 : 매달 어린이집에 방문하여 비치된 카드 단말기를 이용

(2) ARS 결제 : 1566-0244로 전화 연결 후 결제

(3) 인터넷 결제 : 아이사랑 사이트에 접속한 후, 보육료 결제 메뉴에서 가능

(4) 스마트폰 결제 : 아이사랑 앱을 통해서 결제 가능

• 보육료 지원 내용

구분	내용
어린이집 (0~2세) 종일	연령 : 어린이집을 이용하는 0~2세 지원 대상 : 맞벌이, 다자녀 가구 등 종일형 서비스 이용 기준에 해당하여 종일형 자격을 부여받은 아동 이용 시간 : 7:30 ~ 19:30 (일 12시간)
어린이집 (0~2세) 맞춤	연령 : 어린이집을 이용하는 0~2세 지원 대상 : 종일형 자격에 해당하지 않는 아동 이용 시간 : 9:00 ~ 15:00 (일 6시간) + 긴급보육바우처 월 15시간
만3~5세	연령 : 어린이집을 이용하는 만 3~5세

• 지원 금액(2019년 기준)

(단위 : 원)

연령		종일반		맞춤반		
		부모 보육료	기본 보육료	부모 보육료	기본 보육료	긴급 보육바우처
만 0세	종일	454,000	485,000	354,000	485,000	60,000
	24시간	681,000	–	–	–	–
만 1세	종일	400,000	264,000	311,000	264,000	60,000
	24시간	600,000	–	–	–	–

만 2세	종일	331,000	179,000	258,000	179,000	60,000
	24시간	496,000	–	–	–	–

연령	지원 단가		
	종일	야간	24시
만 3세	220,000	220,000	330,000
만 4세	220,000	220,000	330,000
만 5세	220,000	220,000	330,000

• 주의할 점

어린이집에 월 11회 이상 출석을 해야 국비가 지원된다. 11회 미만으로 출석하면 국가 지원 보육료를 개인이 납부해야 하기 때문에 사정이 생기면 어린이집에 꼭 이야기해야 한다.

또 국가 지원 비용 외 활동 비용(오감, 체육, 영어, 체험학습 등)이 별도 발생할 수 있다.

아빠가
이 놀이터의 대장이다

놀이터의 히어로

어릴 때도 못 해본 골목대장을 마흔 넘어 하게 되었다. 내가 대장이면 부하도 있어야 하는데 부하는 없다. 또 대장은 대장인데 악당 대장이다. 난 스파이더맨, 아이언맨 등등 슈퍼 히어로 꼬맹이들이 물리쳐야 하는 이 구역의 슬픈 대장이다. 번개맨, 헬로 카봇, 또봇, 레이디버그, 다이노 코어 등등 무슨 영웅들은 그리도 많은지 다 외우기도 힘들었다. 학교 졸업하면 암기할 게 없을 줄 알았는데 이 나이에 외울 것들이 넘쳐나다니. 그래도 좋다. 건우가 좋아하니까. 그리고 건우 친구들이 좋아하니까. 몸이 피곤하고 힘들다는 것만 빼면 다 좋다. 그중에서 가장 좋았던 점은? 바로 내게도 친구가 생긴다는 거다. 아빠 육아를 하다 보면 친구 사귀기가 하늘의 별 따기만큼 어렵다. 일단 아빠는 같은 처지의 즉 육아하는 아빠를 만나기가 너무 힘들고 엄마들이랑 좀 친해져보려고 하면 불륜 드라마가 생각나서 쉽게 말 붙이기가 어렵다. 나의 외모가 현빈, 박보검 정도라면 모르겠지만 평범한 외모에 유머러스하지도 않은 나 같은 아빠라면 친구 사귀기는 거의 포기해야 한다. 그런데 놀이터에서는 나처럼 평범한 아빠도 엄마 친구를 아무런 부담 없이 자연스럽게 사귈 기회가 주어진다.

나는 이번에야말로 친구를 만들겠다고 결심했다(그만큼 육아 동지가 절실히 필요했다). 그래서 전략적으로 접근하기로 했다. 엄마들이 가장 힘들어하는 게 뭘까? 그렇다, 체력이다. 임신부터 출산까지 10개월. 회복할 틈도 없이 육아 상태에 돌입했으니 체력이 남아 있을 리가 없다. 잘 포장해서 모성애라는 이름의 깡으로 버티어보지만 온종일 아이랑 놀아주는 게 체력적으로 얼마나 힘들겠는가. 더구나 아이들이 서너 살 정도가 되면 활동량이 점점 많아져 감당하기 힘들어진다. 그런데 놀이터는 어떤 곳인가? 무조건 움직여야 한다. 아이를 안았다 내렸다가, 달렸다가 멈췄다가, 심지어 매달리고 뛰어내려야 하는, 활동량이 폭발하는 곳이란 말이다. 그런데 주위를 둘러보아도 다 엄마나 할머니들뿐이다. 그럼 아이들은 누구한테 놀아달라고 할까? 맞다. 어느 순간부터 아이들은 나를 아빠라고 부르기 시작했다. '아빠 놀아주세요. 아빠 악당 해'라고 소리를 치며 도망간다.

나는 "으악! 내가 악당이다. 공격이다! 모두 거기 서!" 하면서 달려나간다. 그렇게 한참을 뛰고 나면 벤치에 삼삼오오 앉아 있던 엄마들이 다가와 "애들이랑 놀아주시려면 힘드실 텐데" 한다. 그때마다 "괜찮습니다. 좀 쉬세요"라고 말했지만, 사실 나도 엄청 힘들었다. 아이들은 소리를 지르며 도망가기도 하지만 내가 가까이 오면 용감해져서 주먹을 꼭 쥐고 때리기도 한다. 꼬맹이들이라고 무시하다가는 큰코다친다. 손이 얼마나 매운데. 난 악소리를 내며 또 열심히 도망을 간다. 그럼 이 녀석들은 서로 잡겠다고 전속력으로 달려오는데 이때 적당한 선에

서 잡히지 않으면 울음이 터져버리니 눈치껏 져줘야 한
다는 점을 잊지 마시라.

저랑 육아 친구 하실래요?

한참을 뛰어놀고 나면 목도 마르고 지친 아이들이 엄마
곁으로 가서 음료도 마시고 간식도 먹고 하는데 그 엄마
들이 가만히 계실까? 당연히 우리 건우도 함께 챙겨 주신
다. 사실 남자들은 꼼꼼함이 좀 부족하다. 우리는 아무 준
비 없이 둘이 몸만 덜렁 나가기 일쑤였다. 반면 엄마들은
가방 가득 간식과 음료수가 준비되어 있었다(엄마들의 가
방은 요술 가방인지 먹을거리는 물론이고 물티슈, 반창고, 여벌
옷 등등 별의별 물건이 끝도 없이 나왔다). 내가 열심히 놀아
준 덕분에 건우도 맛난 간식과 물을 얻어먹을 수 있게 되
었다. 그 후로 아이들은 어린이집이나 유치원에 다녀와
서 창밖으로 빼꼼히 얼굴을 내밀어 놀이터에 내가 있는
걸 확인하면 "엄마, 건우 아빠 있어. 나 놀이터 갈래"하
며 엄마를 졸라댔다고 했다. 엄마들도 내가 아이들과 신
나게 놀아주는 걸 반기는 눈치였다(그 시간이 엄마들의 휴

식시간이었을 테니 말이다). "건우 아빠 힘드시겠다. 너희끼리 좀 놀아"라고 말씀도 해주시고 "아이들 아이스크림 사 왔는데 하나 드셔보실래요?"라고 권하기도 하는 이 훈훈한 분위기. 지금까지는 내가 엄마들을 찾아다니며 친해지려고 노력했는데 놀이터에서는 먼저 말을 걸어주시니 얼마나 신기하고 좋은지 모른다. 심지어 어느 날은 엄마들끼리 저녁에 맥주를 한잔하면서 "건우 아버님도 시간 괜찮으시면 저희랑 같이 해요"라고 청해주셨다. 아이들은 옆에 앉아 피자를 먹고, 나는 얼음 컵에 맥주를 가득 채우고 시원하게 들이키는데 얼마나 행복하던지. 지금까지 외롭고 힘들던 마음을 한 번에 보상받는 기분이었다. 포항으로 이사 온 지금도 그 시절 그 놀이터가 가끔 그립다. 그 어머니들, 다들 잘 계실까?

내 인생은
내가 찾겠어

엄마의 자존감

엄마들의 아지트는 어딜까? 미용실? 커피숍? 아니다. 놀이터다. 공교롭게도 아이들이 뛰어노는 그곳이 엄마들에게도 아지트다. 필요 이상으로 단장하지 않아도 되고 특별히 약속을 안 해도 자연스럽게 만남이 이루어지는 곳. 그래서 서로 더 편하게 대화를 나누는 공간인 놀이터! 육아하는 엄마들에게는 이곳이 만남의 광장이자 소통의 공간인 것이다. 내가 아는 이 아지트에는 혜성처럼 밝게 빛나는 '별 언니'가 있다. 어린이집 하원 후 아이들과 함께 놀이터에 오면 다들 별 언니를 찾는다. 그 분위기가 어찌나 익숙한지 어떤 날에는 나도 "언니, 왔어?"라고 말할 뻔했다.

별 언니는 단아한 외모에 차분한 성품을 지닌, 그야말로 어느 것 하나 부족하지 않은 완벽한 사람처럼 보였다. 간혹 동네 엄마들 사이에 작은 다툼이 벌어지는 일이 있는데, 다른 엄마의 험담을 했다는 이유가 가장 많았다. 나는 별 언니가 다른 엄마들에 대해 이야기하는 걸 들어본 적이 없다. 많은 엄마들이 별 언니를 잘 따르는 이유가 이 때문일지도 모른다.

언젠가 '여성 경력 단절과 재취업'이라는 주제로 진행된 여성 정책 포럼에 참여한 적이 었었다. 토크콘서트 형식으로 진행된 행사에서 나는 이런 질문을 받았다.

"아빠 육아를 하면서 어떤 점이 가장 힘드셨나요?"

나는 망설임 없이 대답했다.

"외로움이요. 바로 여러분들이 주신 외로움이 가장 힘들었습니다."

그리고 덧붙여 이렇게 이야기했다.

"여러분이 제가 유모차 몰고 가면 안 끼워주셨잖아요.

즐겁게 이야기하다가도 제가 다가가면 잡상인이 온 것처럼 피하셨잖아요."

여기저기에서 박장대소가 터져나왔다. 아이 셋을 기르며 사업을 하고 있다는 여성 대표님이 내 말을 거들어주었다. "유모차가 아니라 앞으로 부모차라고 이름을 바꾸었으면 좋겠어요. 유모차라는 말이 여자들이 아이를 태우고 밀고 다니는 수레라는 뜻인데 요즘 아빠들도 다 유모차 밀고 다니잖아요."

그랬다. 육아 초창기 시절, 나는 정말로 외로웠다. 그랬던 나에게 처음 손을 내밀어준 사람이 바로 별 언니였다. 모두가 나의 존재를 부담스러워하고 곁눈질로 바라보면서 단 한 번도 '끼워주지 않았던' 그때, 별 언니는 "건우 아버님, 안녕하세요?"라며 먼저 살갑게 인사해 주셨다. 나는 그런 별 언니랑 친해지고 싶어서 필요한지 묻지도 않고 만날 때마다 새로 나온 책들을 선물했다. 지나고 생각해보니 엄청나게 부담스러웠을 것 같다. 어쨌든 나는 별 언니 덕분에 놀이터에 나온 다른 엄마들과도 친하게 지낼 수 있게 되었다. 남자들은 절대 낄 수 없다는 브런치 타임에 초대 받아서 아이 교육 문제도 의논하고,

주말에 나들이할 만한 좋은 장소도 추천받고, 아이들 성장에 좋은 음식과 자상한 의사 선생님이 계시는 소아과 정보까지, 소위 고급 정보들을 전수받을 수 있었다. 아빠 육아를 하다 보면 외로움부터 시작해서 정보의 단절과 자존감 상실까지 겪게 되는 시련들이 만만치 않은데 엄마들의 육아 세상에서는 이런 생산적이고 실용적인 정보들이 오가고 있으니 부럽기만 했다.

별 언니는 외모며 성품이며 그리고 인사人士(사회적 지위가 높거나 사회적 활동이 많은 사람)한 신랑까지 모든 게 완벽한 여자였다. 어느 날 "언니는 신랑도 능력 있고 애들도 착하고 너무 좋으시겠어요!"라고 말을 건넸는데, 예상 외의 대답이 돌아왔다.

"꼭 그렇지도 않아."

단호한 별 언니의 대답에 어리둥절하고 있는 찰나, 언니는 자신의 이야기를 내게 들려주었다. 결혼 전에는 프랑스 레스토랑을 운영하는 꿈 많은 여자였는데 결혼하면서 우울증이 찾아와 치료도 받았단다. 알고 보니 고부갈등이 그 원인이었다. 시어머니의 지나친 간섭에 스트레스를 받았지만 남편은 그런 아내의 마음을 나 몰라라 했다. 결국 그 때문에 별 언니는 자존감도 잃고 마음의 상처를 입고야 말았다.

📢 **시어머니들이 며느리에게 상처 주는 대표적인 말말말!**

- (명절에) 시누이 오는데 어딜 가니? 친정은 나중에 가라.
- 남편 옷이 이게 뭐니? 남자는 여자가 신경 써줘야 하는 거 모르니? 그릇은 왜 또 이런 걸 샀니? 센스 하고는 쯧쯧.
- 우리 아들 얼굴 잊어버리겠다. 자주 좀 와라.
- 우리 아들이 결혼 전에는 안 그랬는데, 결혼하고 나서 우리한테 연락도 잘 안 하더라. 네가 중간에서 제대로 행동 못하는 거 아니니?
- (연락도 없이 집에 들이닥친 뒤) 내 아들 집에 오는데 내가 연락해야 되는 거니?
- 어느 집 며느리는 시어머니 여행 간다고 용돈 주고, 추우면 코트 사 입으라고 용돈 주고, 더우면 시원한 거 사 드시라고 용돈 드린다던데.
- 요즘 며느리들이 하는 게 뭐가 있니? 나 때는 시할머니까지 모

시고 살았다. 요즘 며느리들은 진짜 편한 거야, 암.

• 결혼한 지 세 달이나 지났는데 왜 아기 소식이 없니? 너 무슨

문제 있는 거 아니니?

• 우리 아들은 설거지 같은 거 안 시키고 키웠다. 행여나 너 집

에서 내 아들한테 집안일 시키지 마라.

• (친척들 다 모인 자리에서) 우린 사돈 복이 없어요.

• 친정 자주 가지 마라. 우리 아들 불편해한다.

• 너는 무슨 복이 많아서 내 아들 같은 남자를 만났니.

• 우리 아들은 어쩌다가 너 같은 여자를 만났다니.

지금 이대로도 괜찮아

별 언니는 한숨 끝에 이런 말을 덧붙였다. "남편이 인

사인 게 무슨 의미가 있어. 내가 인사한 사람이 되어야

지……." 그 소리를 듣고 나니 내가 제일 듣기 싫어하던

말이 생각났다. 친구들은 내 아내가 공무원이란 말만 듣

고는 "넌 장가 잘 갔다", "아내가 돈 벌어 오니까 얼마나

편하냐"며 만날 때마다 내 속을 뒤집었다. 나는 그 말이

너무 기분 나빴다. 나의 노력을 무시하는 것 같았기 때문이다. 별 언니의 마음도 나와 같지 않았을까? 다른 사람에 기대지 않고 나 스스로 빛나고 싶은 마음. 별 언니는 우울증 치료를 받으면서 다짐했다고 한다. 대학원에서 심리치료를 공부해서 자기처럼 슬퍼하는 엄마들의 마음을 치료해주고 싶다고. 나는 그 이야기를 들으며 별 언니가 언젠가 그 꿈을 꼭 이루었으면 좋겠다고 생각했다.

그런데 이런 일을 별 언니만 겪는 건 아니다. 『1천권 독서법』의 저자로 유명한 전안나 작가도 아이 둘을 출산한 뒤 시어머니와 남편의 괄시로 인해 극심한 스트레스와 우울증으로 한참을 괴로워했단다. 별 언니와 전안나 작가의 공통점은 같은 여자인 시어머니와 가장 믿었던 남편으로 인해 자존감이 무너졌다는 것이다. 그리고 스스로 자존감을 회복하고자 부단한 노력을 하였는데 그 방법이 바로 독서였다고 한다. 많은 엄마들이 육아와 결혼생활로 무너진 자존감을 책과 사람들과의 관계 맺기를 통해서 찾았다고 말한다. 나 또한 육아 우울증이 왔을 때 별 언니의 이야기를 듣고 책과 가까이하기 시작했다. 그리고 지금은 이렇게 글을 쓰고 있다. 자존감을 높이고자

하는 부모들에게 별 언니의 말을 빌려 해주고 싶은 말은 '내 인생을 내가 찾아야겠다는 생각과 행동이 없다면 자존감의 회복은 요연해진다'는 것이다.

그렇다면 자존감을 회복할 방법에는 어떤 것들이 있을까? 첫째, 버리면 된다. 상자 안에 담겨 있는 물건들을 비워야 다시 담을 수 있듯이 과거의 나에 대한 영광의 추억은 버리고 지금부터 새로운 나를 담아보는 것이다. 이때 완벽이라는 강박을 버려야 한다. 현재의 나를 받아들이고 부족한 부분을 매일 하나씩 채워나가는 시도를 하다 보면 용기와 함께 행복감, 성취감을 얻을 수 있다. 둘째, 매일 스스로에게 한 가지씩 칭찬하자. 책 열 장을 읽은 것, 아이에게 짜증 내지 않은 것, 스쿼트를 20개 한 것, 설거지를 미루지 않은 것 등 아무리 사소한 것이라도 괜찮다. 스스로 오늘 하루를 잘 살았다고 칭찬해줌으로써 건강한 자아를 만들 수 있다.

세상에 가치 없는 존재는 없다. 필요하기 때문에 존재하는 것이다. 높은 곳만 바라보기보다 높지도 낮지도 않은 일상 속에서의 균형 잡힌 자존감을 만들어가기를 바란다.

육아에 죽고
육아에 살다

대한민국 엄마들의 버팀목이 되다

되돌아보면 육아를 하는 내내 힘들다는 소리만 달고 살았다. 참을성이 없어서도 아니고 인내심이 부족해서도 아니었다. 그냥 힘들었다. 그런데 내가 만난 엄마들은 하나같이 힘들다는 소리를 하지 않았다. 왜일까?

"힘들지 않으세요?"

"왜 안 힘들어요, 힘들지. 어디 한 곳 성한 데가 없다니까요."

"그런데 힘들다고 말씀하시는 걸 본 적이 없어서요."

"하하, 그런가요? 힘들다고 해봤자 달라질 것도 없고 사랑스런 아이를 얻은 대가라고 생각하게 됐나 봐요."

아이에게 사랑이 넘치면 견딜 수 있는 걸까? 나도 건우를 엄청나게 사랑하는데……. 육아가 힘들다고 생각하면 할수록 처음 시작했을 때의 당찬 마음들은 온데간데없고 육아를 하며 많은 것을 잃어버렸다는 후회만 들었다.

내가 가장 먼저 잃어버린 것은 정체성이었다. '한때는 나도 잘나갔는데 지금은 아무도 관심을 두지 않는 쓸모없는 존재가 되었다'는 생각이 나를 괴롭게 했다. 하지만 그렇게 한없이 나의 존재를 의심하게 했던 육아가 내게 새로운 인생의 길을 열어줄 것이라고는 그때는 미처 생각하지 못했다.

육아를 시작한 지 몇 개월이 지나지 않아 나는 사회로부터 고립되었다. 믿었던 아내도 바쁜 직장 생활 탓인지 내 말에 귀를 기울여주지 않았고 답답한 내 마음은 더욱 커져만 갔다. 어디 한 곳 속마음 털어놓을 데 없었던 나는 조카들이 초등학교를 입학할 때 만들어놓았던 '초등맘' 카페에 들어가 처음으로 운영자가 남자라는 사실을 밝혔다. 그리고 읍소했다.

"안녕하세요? 카페지기입니다. 사실 저는 아빠입니
다."

카페가 활성화되어 있지 않아서 누가 대답이나 해줄까
생각했는데 몇 분이 댓글로 내 말에 관심을 보였다.

"네? 우리 카페지기가 아빠라고요? 맘 카페를 어떻게
남자가 운영하세요?"

"조카들이 초등학교에 들어갈 때 정보를 공유하면 좋
을 것 같아서 여동생에게 운영해보라고 만들어주었는데
일주일 만에 포기해서 그때부터 제가 조용히 관리하고
있었어요."

"그런데 무슨 일이세요? 갑자기 아빠라고 밝히시고."

갑작스러운 나의 고백에 불편한 기색이 역력했다. 여
기서 그만둘까? 망설여졌지만 난 너무나도 절실히 대화
를 원하고 있었다.

"제가 육아를 하고 있는데 아무도 말동무가 되어주지
않아 너무 괴로워서요."

"네? 아이를 직접 키우신다고요? 육아를 시작하신 지
얼마나 되셨어요?"

내가 육아를 하고 있다는 말이 운영자가 남자라는 사

실보다 더 놀라운 모양이었다. 회원들은 언제 그랬냐는 듯이 경계심을 풀고 나를 대해주었다.

"대단하시네요. 아빠가 육아하다니! 그런데 왜 대화를 하실 분이 없으세요? 아내 분이나 주위 친구 없으세요?"

"아내는 퇴근하고 오면 워낙 피곤해하기도 하고 제가 말주변이 없어서 그런지 도통 제 말을 안 들어주네요. 동네 육아하는 엄마들은 제가 가까이 가서 말을 붙이면 다들 자리를 피하시고요."

"하하, 아무래도 엄마들 입장에서는 모르는 남자가 말 걸면 불편하죠."

이렇게 나는 몇 년 만에 들어간 카페에서 얼굴도 모르는 회원들에게 난생처음 나의 고충을 토로했고 카페 회원들도 내게 본인들의 고민을 털어놓았다. 엄마들은 남편이 들어주지 않는 이야기를 나에게 쏟아내면서 대리만족을 느끼는 것 같았고, 점차 서먹함을 풀고 자연스럽게 친분을 쌓게 되었다. 그리고 시간이 지나면서 카페 역시 활성화되어 현재는 네이버 카페 내에서 초등 자녀를 둔 부모들이 함께 소통해나갈 수 있는 대표 카페로 자리매김하게 되었다.

아빠들도 사랑과 관심이 필요해요

육아하는 아빠들의 자존감 상실은 엄마들과 같을까? 내 경험을 토대로 생각해볼 때 큰 맥락은 비슷하지만 조금 다르다는 생각이 든다. 남자들은 생각보다 자존심이 매우 강하다. 생물학적으로 경쟁에 예민한 존재이기도 하고, 군대와 회사 등 집단 생활을 통해 자존심에 상처 입는 것이 곧 지는 것이라는 생각의 틀을 갖게 되기 때문이다. 그래서 간혹 오랜 직장 생활 끝에 퇴직한 중년의 남성이 별일 아닌 일에도 "내가 지금 돈을 안 번다고 무시해?"와 같은 말을 하게 되는 것이다. 이렇듯 남자들이란 존재가 늘 사회로부터 인정받기를 원한다. 그런데 타의든 자의든 육아를 하다 보면 자존심에 상처를 받는 경우가 빈번히 생긴다.

예를 들어 퇴근하고 돌아온 아내가 "아니 집에 있으면서 음식물 쓰레기도 안 버리고 뭐 했어. 냄새나잖아"라는 말을 하면 나는 '내가 이딴 소리나 들으려고 육아를 하고 있나?'라고 생각했다. 그러고는 아내에게 짜증을 냈다. 사실 아내는 별 뜻 없이 한 이야기일 수도 있다. 하지만 당시에는 아내의 작은 핀잔도 쉽사리 웃어넘길 수 없었다. 이런 일이 반복되다 보니 점점 나 자신이 초라해지고 자존감까지도 땅바닥에 떨어졌다는 느낌이 들었다. 그래서 엄마들이 육아하는 아빠들에게 다른 무엇보다 '사랑한다', '고맙다', '당신 참 따뜻한 사람이다'와 같은 진심 어린 칭찬을 바라는 게 아닐까. 남자도 마찬가지다. 육아하는 아빠들 역시 아내의 작은 칭찬에서 큰 힘을 얻는다(내 경우 아내가 당연히 함께해야 하는 일을 하면서 왜 자꾸 칭찬 받기를 원하냐고 면박을 줘서 한동안 깊은 마음의 상처를 받았었다).

다음으로는 경력 단절에서 오는 공포심으로 인해서 자존감이 낮아진다. 사회에서 벗어나 있는 시간이 길어질수록 다시 돌아갈 수 없을 것만 같은 두려움을 느끼게 된다(엄마들과 마찬가지다). 남자들의 경우 이미 군대라는 제도를 통해 사회적 단절을 경험하게 되는데 이때 느꼈던 불안과 공포가 이후에도 이어지는 것 같다. 심지어 아빠들의 경우 부양가족에 대한 경제적 책임이 더 큰 부담으로 다가오고, 이는 자존감 저하에 큰 영향을 미치게 된다.

그렇다면 육아하는 아빠들의 자존감을 회복시킬 방법

에는 어떤 것들이 있을까? 저마다 그 방법에는 차이가 있겠지만 내 경우 유튜브 채널(도반장TV)을 통해 누군가가 내 이야기를 들어주고 내 이야기의 가치를 인정해줌으로써 사회적 관계망을 다시 구축한 느낌을 받았다.

육아는 부부가 당연히 함께해야 하는 것이 맞다. 하지만 아직은 아빠 육아가 당연하게 받아들여지지 않는 사회적 분위기인 것도 맞다. 따라서 육아하는 아빠들이 좀 더 적극적으로 나서기 위해서는 무엇보다 엄마들의 관심과 사랑이 필요할 것이다.

아빠의
육아 우울증

나 이대로 죽는 건가?

건우 친구 엄마들과 소통하면서 조금 나아지긴 했지만 놀이터도 지인들과의 술자리도 나의 답답함을 근본적으로 해결해주지는 못했다. 무엇이 나를 이리도 힘들게 할까? 생각보다 답은 가까운 곳에 있었다. 자유가 박탈된 육아의 연속과 가장의 책임을 확인시켜주는 일에서 비롯된 '스트레스'였다.

실제로 내가 운영하는 초등맘 네이버 카페 엄마들에게 '육아 스트레스를 어떻게 푸시나요?'라고 설문조사했더니 비슷한 고민을 하는 엄마들과 대화를 하며 푼다는 의견이 가장 많았다. 그 외에 좋아하는 책 읽기, 육아 강연 듣기, 운동하기 등이 있었고 신경정신과에서 상담을 받는다는 대답도 꽤 있었다.

실제로 나도 병원에 가서 상담을 받은 적이 있다. 그런데 의사는 내게 "아빠가 강하시니 육아 잘 하시겠네요"라고만 말했다. 병을 고치려고 갔는데 마음의 병만 더 얻어온 셈이었다. 이런 젠장!

독서는 좋은 건 누구보다 잘 알겠는데 도무지 시간이 나지 않았다. 참 이상하게도 시간을 내려고 하면 더욱 바빠졌다. 나 역시 일을 줄이려고 회사를 정리했는데 아이러니하게 오히려 다른 일들이 많아졌다. 일주일에 두 번, 네 시간씩 대학교 수업이 있고, 매일 초등맘 카페를 관리(카페 일 자체가 하나의 육아다)하고 각종 프로모션도 진행해야 했다. 또 카페와 연관된 기업들과의 미팅에다가, 비정기적으로는 특강(바이럴 마케팅, M 마케팅, 쇼핑몰 운영 등)을 다녀야 했다. 특강의 경우 문경, 안동, 포항, 울진 등 경북 전역을 다니다 보니 아침 8시에 건우를 어린이집에 보내고 바로 강의에 갔다가 부리나케 달려와도 바로 하

원 시간이었다. 때때로 차가 막혀 정해진 하원 시간에 데리러 가지 못한 적도 있었다. 뒤늦게 헐레벌떡 뛰어가면 건우가 울음을 터뜨렸다. 그럴 때는 내가 녹초가 되어 힘든 것보다 울고 있는 건우가 안쓰러워 고된 티를 낼 수도 없었다.

사실 마음만 먹으면 일을 더 줄일 수는 있었지만 건우가 자라 내 손길이 덜 가게 되었을 때 내가 할 일이 사라질까 봐 겁이 났다. 초등맘 카페는 일만 많을 뿐 수익은 얼마 되지 않아 불안했다. 강의 역시 지금 내가 고사하면 다시는 내 차례가 오지 않을 것 같은 생각이 들었다. 건우가 좀 더 성장해서 학교에 가게 되면 관심 있는 것도 생기고 배우고 싶은 것도 많아질 텐데 아빠가 경제적 능력이 되지 않아 못 해줄 수도 있다고 생각하니 너무 끔찍했다. 어려운 경제 환경 탓에 꿈을 펼쳐 보지 못했던 나의 설움을 아들에게 대물림하고 싶지 않았다. 그러다 보니 나는 일과 육아로 인해 점점 지쳐가고 있었다.

그러던 어느 날 밤, 여느 날처럼 밀려 있는 집안일을 하고 있었다. 그런데 갑자기 뒷골이 당기는 듯한 느낌이 들었다. '많이 피곤한가? 잠시 쉬었다 해야겠다'는 생각으로 의자에서 일어나는 순간, 나는 악 소리과 함께 뒤로 넘어갔다. 다행히 책상 뒤에 있던 침대로 쓰러지는 바람에 큰 화를 면할 수는 있었다. 정신을 차렸지만 도무지 몸이 움직이지 않았다. '아, 이렇게 죽는 건가?' 하는 순간 내 비명을 들은 아내가 급히 방으로 뛰어왔다. 아내는 쓰러져 있는 나를 발견하고는 내 몸을 주무르기 시작했다. "119를 불러야 되는 거 아니야? 어서 병원에 가자"라고 날 채근하는 아내에게 "이대로 잠시 누워 있으면 괜찮을 거야"라고 안심시켰다. 나는 씻지도 않고 그대로 침대에 누워 잠들었다. 그리고 다음 날 아침 병원에 갔는데 혈압이 무려 178이란다. 다행히 검사 결과 특별한 이상은 없었다. 과로와 스트레스로 순간 쇼크가 온 것 같다고 해서 주말 내내 쉬었다. 혈압은 곧 정상으로 돌아왔지만 심장마비나 심근경색으로 죽을 수도 있었다는 생각을 하니 등골이 오싹했다. 아내는 당장 돈 안 벌어도 되니 일을 다 정리하고 쉬라고 했지만 가장의 책임감 때문에 차마 그럴 순 없었다. 대신 외부 강의와 업체 일들을 정리하고 카페 관리와 대학교 수업만 해나가기로 했다.

암이라니

일을 줄인다고 줄였지만 변한 건 없었다. 모닝콜 같은 건우의 울음으로 시작해, 집안일과 티 안 나게 씨름하는 내 일상은 변함이 없었다. 그날 역시 평소처럼 건우를 어린이집에 보내고 청소를 하고 있는데 전화벨이 울렸다. 어머니였다.

"어머니, 잘 계시죠?"

"그래, 너도 잘 있지? 엄마가 정형외과를 갔더니 다리에 혹이 하나 생겼단다. 별거 아니겠지만 혹시 모르니 큰 병원에 가서 검사를 한번 받아 보라네."

큰 병원이라는 말에 가슴부터 철렁거렸다. 그도 그럴 것이 몇 해 전 아버지가 큰 병원으로 가 보라는 말을 듣고는 췌장암 판정을 받았었기 때문이다.

"다리 쪽이니 물혹이겠지. 그런데 병원에 예약이 밀려서 한 달 뒤에나 검사를 받을 수 있단다. 너무 걱정하지는 마라."

나는 어머니의 말을 곧이곧대로 듣고 큰 걱정 없이 보냈다. 그리고 한 달 뒤 어머니와 함께 병원을 찾았는데 의사 선생님의 표정이 심상치 않았다.

"MRI를 찍어봐야겠습니다. 그런데 지금 대기자가 많아서 당장 찍기 어려우니 길 건너 병원에 가서 찍으신 뒤 다음 주에 사진을 들고 내원하세요."

다시 일주일 뒤, 우리는 MRI 검사 결과를 들고 병원을 찾았다. 의사 선생님은 사진을 한참 들여다보더니 검사하는 병원에서 아무 설명도 못 들었냐고 물었다. 그렇다고 하니 얕은 한숨을 쉬고는 어렵게 입을 여셨다.

"암입니다. 육종암이라는 병입니다. 다른 암에 비해서 급수가 낮지만 전이 속도가 너무 빨라 문제가 생길 수 있습니다."

뜻밖의 결과에 어머니는 사색이 되셨고 나는 머릿속이 텅 비고 말았다.

"어떻게 해야 하나요?"

"최선을 다하겠지만 최악의 경우는 다리를 절단할 수도 있습니다."

하마터면 어머니 앞에서 눈물을 보일 뻔했다. 간신히 무너지는 심정을 다잡고 수술 날짜를 잡았다.

어머니는 파르르 떨고 계셨다. 어머니를 집으로 모신

후 아내에게 이 사실을 알렸다. 아내는 무조건 서울에 있는 더 큰 병원에 가자고 했다. 아내의 마음이 고마웠고, 나 역시 큰 병원으로 모시고 싶었지만 현실은 냉정했다. 여동생은 직장에 다니고 있어서 시간적 여유가 없었고, 내가 간다면 건우를 돌볼 사람이 없었다. 심지어 수술 후 병간호를 맡을 사람도 마땅치 않았다. 그런 사이 나는 점점 죄책감에 빠져들었다. 아버지 병간호로 몸 상태가 허약해진 것을 알면서도 어머니에게 육아 도움을 청했던 지난날이 미치도록 후회스러웠다.

그 무렵 내 표정이 심상치 않았는지 별 언니가 "무슨 일 있어요? 안색이 안 좋아요"라며 조심스레 물어왔다. 내 자초지종을 들은 언니는 남편에게 전화를 걸었다. 알고 보니 별 언니의 남편은 의사였다. 다행히 별 언니 남편 분을 통해 이 분야에서 유명한 의사 선생님을 소개받았고, 나는 급히 서울로 어머니를 모시고 가 1차 수술을 받았다. 2주 동안은 내가 어머니 옆에서 병간호를 하고, 남은 2주는 간병인의 도움을 받았다.

지금 생각하면 그때 내 정신은 위태로웠다. 육아 우울증 초기 증상을 보이고 있던 차에 어머니의 수술은 내게

하늘이 무너지는 듯한 큰 충격이었다. 수술 경과가 좋으니 퇴원하시라는 이야기에 한시름을 놓았건만 조직 세포 결과 암세포가 전이되었다는 충격적인 소식을 듣고야 말았다. 눈앞이 깜깜했다. 어머니께 어떻게 이야기를 전해야 한단 말인가! 어머니는 2차 수술을 거부하셨지만 나는 간곡하게 부탁드렸다.

"단 한 번만요, 어머니! 더는 권하지 않겠습니다."

일주일 후 발목뼈를 절단하는 2차 수술을 받았다. 이로 인해 어머니는 신경이 손상되면서 발가락을 펼 수 없게 되었다. 거동하는 데 불편하긴 했지만 다리를 절단하지 않은 것만으로도 나는 감사하다고 생각했다. 하지만 당사자인 어머니는 그렇지 못했다. 어찌 그 심정을 내가 이해할 수 있을까.

수술이 끝난 뒤 병문안 온 이모에게 잠시 엄마를 부탁하고 나는 잠시 밖으로 나왔다. 숨쉬기가 곤란할 만큼 가슴이 답답했다. 창 아래를 내려다보니 뛰어내리고 싶다는 충동이 느껴졌다. 순간 건우가 떠올라 풀썩 그 자리에 주저앉아 한없이 눈물만 흘렸다. 하늘에 계신 아버지가 원망스러웠다. 평생 고생만 한 어머니가 왜 또 이렇게 가

혹한 일을 당해야 하냐면서 애꿎은 아버지를 원망했다.

병원으로 돌아와 어머니와 함께 퇴원을 준비했다. 어머니는 내게 약속대로 더는 수술을 안 받겠다고 하셨다. 그만큼 고통이 크셨다는 걸 직감할 수 있었다. 우리는 2차 수술에 대한 조직 검사 결과는 확인하지도 않고 대구로 내려왔다. 그 이후 나는 계속되는 우울함(나의 경우는 일을 주로 집에서 하다 보니 하루 종일 혼자 집에 있는 날이 많았다. 일반적으로 일을 하면 우울증이 괜찮아진다고 생각하는 사람들이 많은데 일을 하면 우울증이 좋아지는 게 아니라 소통하고 공감해주는 사람들로 인해 좋아지는 거다)에 시달렸다. 카페 관리도 육아도 아무것도 하고 싶지가 않았다. 건우에게는 미안했지만 그 어떤 것도 위로가 되지 않았다. 새벽 2시가 넘어서 잠이 들면서도 4시가 되면 깨어났다. 육아 우울증에 이어 불면증까지 찾아온 것이다. 입맛도 없어 밥도 먹는 둥 마는 둥 했다.

평소 같았으면 화를 냈을 아내도 먹고 싶은 건 없는지 묻고 좀 더 먹어야 힘을 낼 수 있다며 날 다독여주었다. 또 평소 이것저것 자꾸 사고 싶어 하는 내게 늘 화를 냈던 아내는 오히려 갖고 싶은 거 있으면 무엇이든 사라며 적극적으로 권해주기까지 했다. 내가 알던 아내가 맞나 의심스러울 정도였지만, 그런 말 한마디가 정말 큰 힘이 되어주었다.

출산이나 육아를 하다 보면 누구나 우울증이 올 수 있다. 아니, 우울증은 어떤 일로도 찾아올 수 있다. 우울증을 이겨 내는 방법은 '따뜻한 말 한마디'인 것 같다. 아내의 격려 한마디가 내게 일어설 힘을 주는 걸 보면 '진심 어린 말'에는 엄청난 힘이 있다. 나는 그런 아내의 지지로 평소 같으면 꿈도 꾸지 못했을 170만 원 짜리 드론을 샀다. 하늘을 나는 드론을 보면서(조종기 화면을 통해 보이는 모습) 내가 마치 하늘을 훌훌 날아다니는 것만 같은 기분이 들었다. 무거웠던 가슴이 조금이나마 가벼워지는 듯 했다. 누군가에게는 아무것도 아닌 일이었지만 나에게는 유일한 탈출구였다. 그렇게 나는 조금씩 천천히 일상으로 돌아왔고 우울증도 좋아지기 시작했다. 지금도 여전히 아내에게 혼이 나고(물건 구입, 엉성한 집안일 등) 있지만 그래도 나는 가장 힘든 순간에 나만을 생각해 준 아내가 너무나도 고맙다.

여자라는 죄,
며느리라는 굴레

한 통의 전화

추석 무렵이 되면 가슴 한쪽이 아려온다. 4년 전 추석, 아버지는 췌장암 수술을 받으셨다. 그리고 2017년, 어머니가 다리 수술을 받으실 때도 추석이었다. 부모님 모두 암 진단을 받고 나자, 나도 '암'에서 자유로울 수 없었다. 온통 머릿속이 병에 대한 공포로 가득 차서, 병원에 있는 내내 마음 편할 날이 없었다. 고통스러워하는 어머니를 지켜보는 것 또한 괴로웠다. 아무것도 해드릴 수 없는 무력한 아들이라는 자책에서 헤어나올 수 없었다. 이런 나와는 달리 어머니는 인생을 참 잘 사신 분이셨다. 명절을 앞두고 있었지만, 대구에서 서울까지 친지들이 병문안을 오셨다. 아무리 전국이 하루 생활권이 된 시대라고 하지만, 바쁜 하루를 쪼개어 장거리 병문안을 오는 건 결코 쉬운 일이 아니었다.

서울까지 오지 못하는 분들은 전화를 주셨고, 한 분 한 분의 진심 어린 염려 덕분에 어머니의 기분도 차츰 나아지고 있었다. 그런데 사건은 엉뚱한 곳에서 터졌다. 추석을 앞둔 어느 날, 고모에게서 전화가 걸려온 것이다.

"그래, 엄마는 좀 어떻노? 괜찮나?"

"예, 수술은 잘되었다고 하네요. 걱정해주셔서 고맙습니다."

여기까지는 좋았다. 그런데 잠시 후 이어진 이야기는 나를 당혹하게 했다.

"곧 추석인데 차례는 어떻게 할라꼬?"

(지금 어머니가 아프신데 차례상이 문제인가?)

"집에 아픈 사람이 있으면 그해는 안 지내고 넘어가도 괜찮다고 하더라고요. 아버지 아프실 때도 그렇게 했었어요."

"아빠랑은 다르지. 엄마가 아프시면 니가 지내거라."

"제가 엄마 병간호 중이어서요."

"안 지내고 넘어가는 건 말도 안 된다. 정 어려우면 추석 지나서 다음 달에 좋은 날이 있다. 그때 지내자."

마침내 나는 붙잡고 있던 이성의 끈을 놓아버렸다.

젊은 시절 시누이들 때문에 힘들었다는 엄마의 말을 나는 대수롭지 않게 받아들였었다. 그런데 죽을 고비를 넘긴 사람을 앞에 두고, 죽은 사람을 위해 차례를 지내라니 가슴이 답답했다. 수화기 너머 고모의 말을 듣고 있던 어머니는 당장이라도 전화기를 뺏어들 것 같은 기세로 화를 내셨다(그렇게 무서운 어머니의 모습은 난생처음 보았다. 얼마나 서러우셨으면). 나는 언성을 높이며 화를 내는 어머니를 굳이 말리지 않았다. 이 상황에서 고모와 더는 대화를 나누고 싶지가 않아 "제가 알아서 하겠습니다"라고 말하고는 전화를 끊었다.

매형의 적은 처남이 아닌데 왜 올케의 적은 시누일까? 몸이 아픈 사람에게 가져야 할 안타까움과 안쓰러운 마음보다 명절의 형식이 더 중요하다면 그건 '시누-올케'의 문제가 아니다. 그 '사람' 아니, 그 '집안'의 심각한 문제다. 이런 문제 있는 '집안'에서 어머니는 평생 홀로 외로운 '올케'였다는 걸 나는 그날 깨달았다.

📢 '나는 어떤 시누이일까?' 나쁜 시누이 감별법

- 올케가 인사했는데 눈도 안 마주치고 "응!"이라고 대답한 적이 있다.
- 30분 넘게 서서 혼자 설거지하는 올케를 두고 식탁 의자에 앉아서 "아직도 설거지 안 끝났어? 앉아 있는 사람 부담스럽게"라고 말한 적이 있다.
- 임신한 올케가 과일을 깎아서 방에 가지고 올 때 "나도 많이 하고 와서"라고 말한 뒤 손 하나 까딱 안 한 적이 있다.
- "애 좀 잘 먹여라. 왜 애한테 신경을 안 쓰냐!"라고 호통친 적이 있다.
- "내 남동생(혹은 오빠)한테 잘해라! 우리 집 보물이다"라고 말한 적이 있다.
- 올케에게 시부모 집에 와서 청소와 음식을 돕지 않는다고 핀잔한 적이 있다.

- 나는 시어머니 욕해도 되지만 올케는 우리 엄마 욕하면 안 된다고 말한 적이 있다.
- 우리 엄마한테 전화 좀 하라고 채근한 적이 있다.
- 나는 친정 빨리 오면서 올케에게는 천천히 가라고 한 적이 있다.

결심을 행동으로 옮기다

고모의 목소리가 아직도 뇌리에 남아 있을 때, 할아버지 제사가 돌아왔다. 아내는 출근해야 했고 어머니는 퇴원 후에도 거동이 힘드셨다. 결국 나 혼자 제사상 준비를 하게 됐다. 그동안은 여느 남자들처럼 어머니가 차려놓으신 제사상에 절만 했던 나이기에 아는 것이 아무것도 없었다. 고민 끝에 음식을 주문하기로 했다. 조선 시대 양반 집도 따지고 보면 다 동네 아낙들이 와서 도와주었으니 별 문제가 아니라고 생각했다.

제사 시간이 다 될 무렵 음식이 배달되었다(정말 최소한의 양만 주문했는데 무려 40만 원이 나왔다. 이 금액을 보고서 제사 음식을 할 때 드는 노동의 대가가 만만치 않다는 생각을 처음 했다). 음식을 꺼내 접시에 담으려고 하는데 뭔가 신선하지 않은 느낌이 들었다. 급히 맛을 보았더니 헉, 상한 게 아닌가. 주문한 집에 전화를 걸어 자초지종을 설명했으나 돌아온 대답은 "그럴 일이 없을 텐데요"였다. 내가 없는 말을 지어냈겠냐고 언성을 높였더니 상한 전만큼만 환불해주겠단다. 음식을 직접 만드신 분이 적반하장으로 저렇게 나오니 어쩔 도리가 없었다. 그렇다고 이런 음식으로 제사를 지낼 수도 없는 노릇이었다.

급한 대로 주방으로 들어가 전이라도 부쳐야겠다는 생각에 어슬렁거리고 있으니 어머니가 들어오셨다. 어머니는 불편한 다리를 이끌고 전을 굽기 시작하셨다. 평생 제사 음식 준비를 하며 짜증 낸 적이 없던 어머니가 자리에 주저앉으며 한숨을 내쉬었다. "제사상을 잘 받고 싶으셨으면 날 아프게 하지 말았어야지." 평생 정성으로 모셨는데 왜 내게 이런 병을 주셨냐는 어머니의 푸념이 내 가슴에 날아와 비수가 되어 꽂히는 것 같았다. 나 또한 우리나라 '남자'였기에.

제사를 지내고 나서도 문제는 또 있었다. 제사 음식을 먹을 사람이 없었다. 결국 음식은 비닐봉지 속에 싸여 냉

동실에 자리를 잡았다(언제 누가 먹을지 확신할 수 없다. 언젠가 버려질지도 모를 일이다). 준비를 할 때도, 다 끝나고 나서도 온통 문제점투성이인 이 제사라는 녀석은 도대체 누구를 위한 것일까?

제사를 지내고, 조상의 영혼을 위로하는 이 중요한 행사에 음식 준비, 설거지 등등 온갖 뒤치다꺼리는 여성들의 몫이다. 준비를 다 마치고 나면 남자들이 어슬렁거리며 나타나 여성의 공을 가로챈다(심지어 제사를 지내는 동안 여성은 방 밖으로 나오지 못하게 하는 곳도 있다). 이럴 땐 '남자'라는 말이 벼슬처럼 느껴진다.

제사 준비를 내 손으로 하는 상황까지 와서야 비로소 나는 여러 가지가 잘못되었다는 것을 깨달았다. 어머니가 왜 그토록 며느리에게 최대한 늦게 제사를 넘겨주고자 하셨는지도 이해할 수 있었다. 아니, 우리 집 제사는 며느리가 아닌 내가 물려받아야 하는 게 맞을 것이다.

쉽지 않은 문제였다. 제사를 없애기에는 심리적으로 부담스러웠다. 큰 죄를 짓는 기분이 들었고, 그 때문인지 꿈에 아버지가 보이기도 했다. 나는 고민의 고민을 거듭하다 어머니께 먼저 상의를 드렸다. 사실 조상에게 감사한 마음을 가지고 '가족 모임'이라는 편안한 분위기가 유지된다면 좋은 문화라는 생각이 들었다. 그래서 1년에 한 번 할아버지 기일에 할아버지부터 아버지까지 함께 제사를 지내고 설과 추석 같은 명절에는 우리가 산소로 가서 지내기로 했다. 아버지부터 할아버지 묘소까지 모두 집안 장지에 함께 안장되어 있어서 산소로 가면 모든 조상께 한 번에 인사드릴 수 있었다. 당연히 준비하는 음식도 간소해질 테다. 끝나고 설거지할 일도 없으니(산소에서 설거지할 공간이 어디 있겠는가) 어머니도 아내도 반대할 이유가 없었다. 어머니는 평생 명절에 남들처럼 훌훌 여행을 떠나 보는 게 소원이라고 하셨는데 남들 다 하는 여행, 늦었지만 고생하신 어머니에게 꼭 선물하고 싶었다. 중요한 건 차 한잔을 올려도 정성을 다하는 마음이지 물질이 아니라는 걸 엄마가 편찮으시고 나서야 비로소 깨달을 수 있었다.

세상에
당연한 것은 없다

힘들다고 말하면 왜 안 되는데

싱글인 친구 앞에서 이렇게 푸념을 늘어놓았다.

"요즘 내가 왜 사는지 잘 모르겠다."

"우리 나이면 갱년기가 올 법도 하지."

"갱년기? 너도 이럴 때 있냐?"

"야, 당연하지. 혼자 살아 봐라. 자식 걱정이 없을 뿐이지 나도 고민이 많다. 그다지 하고 싶은 것도 없고. 의욕이 없어."

마흔셋의 봄! 나는 이렇게 무기력함을 느끼고 있었다.

육아라는 것이 시작은 있어도 언제 끝이 날지 알 수 없다는 것을 처음에는 알지 못했다. 육아를 시작한 지도 벌써 2년, 나는 매일 같은 일상(아이의 먹거리 준비, 빨래, 장난감 정리, 청소, 설거지, 어린이집 등·하원, 놀이터에서 놀아주기, 샤워시키기, 저녁 준비하기, 책 읽어주기 등)을 되풀이하며 살아가고 있다. 아무도 알아주지 않는 이 일들을 말이다.

누가 뭐라 하는 사람도 없는데 숨통이 턱턱 막혀왔다. 어떻게든 이 답답한 가슴을 풀고 싶어 늦은 밤 밖으로 나가 사람들을 만났다. 오랜만에 만나 이야기를 나누다 보니 모두가 '회사 생활이 힘들다', '요즘 경기가 안 좋아 개인 사업하는 사람들 다 죽을 맛이다' 등 다양한 넋두리가 펼쳐졌다. 나도 그 틈을 타 육아가 너무 힘들다고 털어놓았다. 이렇게 말하면 "너 육아한다고 고생이 많나 보다. 그래, 육아 힘들지"라며 위로해줄 거라고 기대했다. 하지만 돌아온 대답은 달랐다.

"뭐가 힘든데? 네 자식 네가 좋아서 키우면서 그런 식으로 말하면 안 되지."

그 말을 듣고 있자니 가슴 속에서 열이 확 올랐다. 그런데 나는 바보처럼 아무 말도 하지 못했다. 아들이 이런 아빠의 마음을 알면 얼마나 슬플까 싶어서, 또 구구절절 내 상황을 설명하고 싶지 않아서였다. 술자리를 파하고 헤어지면서 나 자신에게 너무 화가 났다. "힘들어서 힘들다고 한 건데 왜 그게 나빠?"라고 나는 따졌어야 했다. "야! 누군 회사 안 다녀봤어? 개인 사업은 안 해본 줄 알아? 이 멍청한 놈들아"라고 퍼부었어야 했다. 그런데 나는 그렇게 하지 못했다. 그래서 더 화가 났고 더 마음이 아팠다.

왜 사람들은 사랑하면 무엇이든 당연하다고 생각할까? 사랑하면 폭력도 정당화되나? 당연하다는 말은 행동으로 옮길 사람이 스스로 할 말이지 그걸 받거나 보는 사람이 할 수 있는 표현이 아니다. 육아도 엄연히 일이다. 육아와 가사노동에 시달리다 보면 지치고 힘들기 마련이다. 물론 아이를 키우는 일은 사랑과 기쁨이 수반되는 일이지만 그렇다고 해서 힘이 들지 않고 지치지 않는 건 아니다. 나는 육아를 일이라고 생각하지 않는 사람들에게 묻고 싶다. 힘들어서 힘들다고 말할 때 그냥 위로해줄 수는 없겠느냐고.

아이는 부모가 함께 키워야지

아이는 부모가 함께 키워야 행복하게 자란다. 하지만 그렇게 할 수 없는 상황이라면 아이는 엄마가 키워야 할까, 아빠가 키워야 할까?

아이가 만 두 살이던 그해 아내는 타 도시로 인사발령이 났다. 우린 충격에 빠졌다. 도(道)에 소속된 교사들은 일정 기간 이상을 근무하면 시(혹은 군)를 옮겨야 한다. 그해는 임지(구미)에서의 근무가 만기되는 해였다. 그래서 현재 근무지(아내는 나를 배려해 매일 80km가 되는 길을 출퇴근하고 있었다)와 인접하거나 비슷한 거리에 위치한 지역으로 전근 신청을 해둔 상태였다. 그러나 발령이 난 곳은 예상 외의 도시, 포항이었다(포항은 우리가 전근 신청을 해둔 도시가 아니었다).

포항은 바다가 펼쳐진 살기 좋은 도시다. 문제는 우리가 이사를 갈 수도 없고(편찮은 어머니와 나의 대학교 근무 문제) 아내가 포항까지 출퇴근(하루 200km를 운전해야 한다)할 수도 없는 상황이었다. 만약 아내가 일반 기업에 다니고 있었다면 이런 인사발령은 퇴사를 종용하는 것과 마찬가지라고 생각했다.

　나는 화가 났다. 다른 곳도 아니고 아이들의 질 높은 교육을 위해 존재하는, 교육청에서 어떻게 이럴 수 있지? 교육청은 육아와 교육을 책임지는 곳이 아닌가? 청와대에 민원이라도 넣고 싶은 심정이었다. 아이를 낳으라고 장려할 때는 언제고 이렇게 육아하기 어려운 상황을 '솔선수범'해서 만드는 게 말이 되는가 말이다. 정부가 이 정도인데 기업은 오죽하겠나라는 생각에 좀처럼 진정하기 어려웠다.

　머리가 지끈거렸다. 지금까지는 아내가 아침에 출근했다 저녁에 돌아오기 때문에 내가 일과 육아를 병행하며 근근이 버틸 수 있었지만, 주말부부를 하게 된다는 건 전혀 다른 이야기였다. '아프신 어머니를 병원에 모시고 갈 때 아이는 어떡하지?', '외부에 일하러 갔다가 부득이하게 늦게 도착할 때는 또 어떻고?', '아이가 아파서 입원이라도 하는 날이 오면?' 이런저런 상황들을 떠올리고 있으니 화가 머리끝까지 났다.

　참다못해 나는 교육청으로 항의 전화를 했다. 하지만

소용이 없었다. 정해진 방침이기 때문에 어쩔 수 없다는 답변이었다. '아내가 평소 윗사람들에게 잘못이라도 했나?', '아내한테 아이가 있다는 사실을 알지 못하는 걸까?' 등 별의별 생각이 다 들었다. 기혼자의 가족(특히 자녀) 상황이 당연히 참작될 것이라고 생각했던 내가 잘못이었다. 우리의 상황을 설명하자 교육청에서는 뒤늦게 미안하다고 했지만 달라지는 건 아무것도 없었다. 아내는 휴직을 하겠다고 했다. 하지만 그건 근본적인 해결책이 아니었다. 복직하면 똑같은 상황이 벌어질 테니까.

"내가 대학교에 사표를 내고 이사를 할까?"

이번에는 아내가 만류했다.

"당장 이사하면 어머니 간호는 어떻게 하려고?"

머리만 아플 뿐 뾰족한 방법이 생각나지 않았다. 결국, 선택은 나의 몫이었다. 이미 답은 정해져 있었다. 난 사랑하는 아내도 지켜야 했고 아이도 책임져야 했다. 그 먼 거리를 아내가 매일 운전해 다닌다는 건 남편으로서 무책임한 행동이라고 생각했다. 결국 나는 어머니, 아내, 건우 모두에게 가장 타격이 덜 가는 방법을 선택했다. 바로 주말부부였다. 포항에 작은 방을 하나 구하고 아내가 머물 수 있게 했다. 힘겨운 결정이었다. 이제야 겨우 육아 우울증에서 해방되나 싶었는데, 주말부부에 독박 육아까지 하게 되다니.

역시나, 1년 후 나는 몸도 마음도 피폐해졌다. 아이는 엄마가 없는 매일 아침 서럽게 울었다. 주말이면 대구로 온 엄마 곁을 잠시도 떨어져 있으려 하지 않았고 엄마가 포항으로 돌아가고 난 월요일 아침이면 대성통곡을 했다. 그런 건우를 바라보는 내 마음도 편치 않았다. 결국 나는 다니던 대학교에 사표를 내고 포항으로 이사 가기로 결정했다. 그나마 다행인건 어머니 건강이 더 이상 나빠지지 않았다는 거였다. 아울러 둘째를 가지고자 했던 계획도 포기했다. 여러 현실적인 장벽 앞에서 더 이상 육아를 잘할 자신이 없어졌기 때문이다.

Chapter
3

엄마,
그 위대한 여정을
동행하다

우리 집에
놀러 올래?

놀이터에 있던 친구들이 사라졌다!

육아 인생에서 가장 힘들었던 1~2년 차 무렵, 나는 문화
센터와 어린이집 그리고 놀이터로 이어지는 3단 콤비네
이션 덕분에 그나마 견딜 수 있었다. 친구까지는 아니어
도 소통할 수 있는 동료 육아인(엄마)들이 생겼고 건우에
게는 함께 놀 친구들이 생겼다. 몇 가지 달라진 환경이
있다면 이제는 더 이상 비상시에 아이를 돌봐줄 사람이
없다는 것이다. 갑작스러운 어머니의 암 수술과 아내의
인사발령으로 인해 나는 오롯이 혼자만의 육아를 준비해

야만 했다. 흔히 말하는 주말부부이자 독박 육아를 하게 된 것이다. 처음 인사발령 소식을 들었을 때만 해도 정말 당혹스러웠다. 하도 어이가 없고 기가 차서 교육청에 전화해 거세게 항의도 했지만 되돌릴 수는 없는 상황이었다. 그나마 다행인 건 남자들은 환경 변화에 잘 적응하는 편이라는 사실이다. 어차피 바뀔 수 없는 상황이라면 좋은 쪽으로 생각하자며 자기 최면을 걸었다. '그래, 이제부터는 아내 잔소리로부터의 탈출이다. 나만의 진짜 육아가 시작된다. 이야~호!'

건우는 한동안 매일 아침 울었다. 눈을 떠 보니 엄마가 없어서였다. 매일 되풀이되는 상황인데도 아이는 그게 잘 받아들여지지 않는 듯했다. 잠들기 전 화상 전화로 엄마를 보여주면 아이는 어김없이 눈물을 흘렸다. 주말에 엄마가 오면 착 달라붙어 엄마에게서 떨어지지 않았다. 참 안쓰러웠다. 그래도 다행스러운 건 건우가 아빠와 둘이 보내는 시간에 점점 적응해주었다는 점이다. 매일 아침 어린이집에 도착하면 "아빠 일찍 데리러 와. 3시 30분에 꼭 와!"라고 주문처럼 말했다. 엄마 없이 잘 견뎌주는 아들이 고맙기도 했고 심리적으로 안정감을 주고 싶어서 처음 몇 달은 아들이 원하는 대로 그렇게 했다. 그리고 몇 개월이 지나서는 4시 30분쯤 데리러 갔다. 그리고 어린이집에서 돌아오는 길에 집 근처 놀이터에 들러 두 시간씩 놀아주었다. 그런데 언젠가부터 놀이터에 건우 또래 친구가 한 명도 나오지 않는 게 아닌가. 알고 보니 친해진 엄마들끼리 아이들을 데리고 주민센터에 가서 요리나 악기, 춤을 배우기도 하고, 더러는 서로의 집을 오가면서 '공동육아'를 하고 있었다. 건우와 단둘이 놀이터에서 시간을 보내는 날이면 조금 속상했다. 하지만 내가 그런 모임에 낄 수 없는 노릇이었다. 남편도 없는 집에 모르는 남자가 와서 아내와 이야기하고 있다면 기분 좋을 사람이 어디 있겠나? 엄마들이 이렇게 친분 관계를 맺다 보니 아이들끼리도 서로의 집에 가서 노는 경우가 많았다. 당연히 건우도 친구들 집에 놀러 가고 싶어 했다. 아빠가 아닌 엄마가 육아를 했다면 좋아하는 친구들 집에 가서 마음껏 놀고 왔을 텐데. 아빠 육아의 현실적 한계였다. 그런데 이때도 구세주가 나타났다. 건우가 좋아하는 지윤이라는 여자 친구가 있었는데, 지윤이 엄마가 친구 집에 놀러 가고 싶어 하는 건우의 마음을 알고 건우를 집으로 데리고 가주셨다. 지윤이네 집에는 재윤이라는 멋진 형이 있는데 놀이터에서도 늘 건우를 친동생처럼 챙겨주고 예뻐해주었다. 지윤이네 집을 다녀온 건우는 마치 보물섬을 찾은 것처럼 행복해했다(그날 집에 와서 자랑을 한 시간은 한 것 같다). 그리고 그 후로 틈만 나면 "아빠, 나 친구 집에 놀러 가면 안 돼?" 하고 물어보았다. 왜 다른 아이들처럼 서로의 집에 자유롭게 놀러 갈 수 없는지 설명할 수도 없고, 그렇다고 다른 어머님들께 "건우가 놀러 가면 안 될까요?"라고 묻기도 어려운 일이었다.

반대로 생각하기

그때 좋은 생각이 떠올랐다. 생각 외로 답은 매우 가까운 곳에 있었다. 건우가 친구 집에 놀러 가면 나는 매우 편했다. 업무를 보거나 집안일을 하거나 때때로 쉴 수도 있었다.

'그래, 건우 친구들을 우리 집에 초대하자!'

다른 엄마들도 나와 비슷한 마음일 거라고 생각했기에 좋아하실 거라고 생각했다. 그리고 사람이 인지상정이라고 우리 집에 놀러 오다 보면 반대로 초대도 하실 거고 그럼 건우도 자연스럽게 친구 집에 놀러 갈 수 있다는 계산이 섰다. 처음에는 건우가 좋아하는 지윤이를 초대해야겠다고 다짐했는데, 재윤이가 초등학교에 입학하면서 지윤이를 도통 만나기 어려웠다. 대신에 또래 남자 친구인 현민이가 놀이터에 자주 모습을 보이기 시작했다. 건우와 현민이는 금세 어울려 놀았고, 어느 날 현민이가 집에 간다고 하자 건우가 날 붙잡고 이렇게 말했다.

"아빠! 현민이 집에 간대. 나도 현민이 집에 놀러 가고 싶어."

"현민이랑 더 놀고 싶어?"

내 말이 끝나기가 무섭게 건우는 매우 빠르게 대답했다.

"응, 놀고 싶어!"

"그럼 현민이를 건우네 집에 초대하면 어때?"

"그으~래~!"

건우가 너무 신나했다. 현민이 어머니께 다가가 자초지종을 설명하니 "건우 돌보기도 힘드실 텐데 현민이까지 괜찮으시겠어요?"한다. 좋아! 성공!

건우와 현민이는 집으로 신나게 달려갔다. 더욱이 우

리 집은 1층이다. 현민이도 건우도 놀이터에서처럼 신나게 뛰어 놀아도 되는 층간소음 없는 최적의 장소다. 뭐가 좋은지 둘은 낄낄대고 웃었다. 때때로 서로 장난감을 먼저 만지겠다고 다투다 번갈아 가며 울기도 했다. 애들은 싸우면서 큰다는 말이 맞나 보다. 그렇게 싸워놓고는 다음 날 서로 자기 집에 놀러 가자고 했다.

그 후로 건우와 현민이는 서로의 집에 자주 오가게 되었다. 아이들뿐만 아니라 아빠들도 아이를 데리러 서로의 집을 왕래하다 보니 어느새 친해졌다. 가족들 간에 친해지다 보니 부담 없이 서로의 집을 왕래하면서 둘은 마치 형제간처럼 놀았다. 그 덕분에 나 또한 독박 육아의 괴로움에서 벗어나 한숨 돌릴 수 있게 되었다.

하루는 엄마의 병원 기록이 필요해서 서울에 가야 했는데, 꽤 먼 거리라 건우를 두고 가야 할지 데리고 가야 할지 고민이 되었다. 그때 현민이 어머니가 먼저 아이를 재워주시겠다고 하셨다. 건우도 좋다고는 했지만(친구랑 오래 놀고 싶어서 생각 없이 대답했겠지라고 생각했다) 밤에 아빠를 찾으면 어쩌나 하는 걱정이 앞섰다. 그런데 내 우려와는 달리 건우는 현민이 집에서 날 찾지도 않고 잘 자고 와서 날 깜짝 놀라게 했다. 아이는 지금도 가끔 그때 이야기를 하며 행복해한다. "아빠, 현민이 집에 가서 또 자고 싶다."

지금은 이사를 와서 자주 만날 수 없지만, 가장 힘들고 지쳤던 그 시절 나를 구해주었던 현민이네와는 서로의 안부를 묻는 소중한 사이로 지내고 있다.

육아라는
전쟁터를 누비며

왜 아빠들은 육아에 소홀할까?

남자들에게는 전우애라는 게 있다. 대부분 군대에 있을 때 이 감정을 실감하게 되는데 전쟁터에서 함께 목숨 걸고 싸울 전우들이기에 애정이 남다를 수밖에 없다. 그런데 매일같이 동고동락하며 인생이란 전쟁터를 누비는 영원한 동반자이자 최고의 전우인 아내에게는 왜 그렇게 몰인정한 건지. 홀로 외롭게 육아라는 전쟁터를 누비는 엄마들을 보면 내가 다 미안해진다. 그리고 이런 엄마들을 매일 만나면서 나 역시 아내에게 미안한 마음이 들었다.

내가 아내에게 미안한 건 육아를 못해서가 아니라 육아의 무게가 다르다는 것을 알았기 때문이다. 어떻게 다르냐고? 아빠 육아는 엄마가 100% 배제된 상태로 이루어지지 않는다. 특수한(이혼, 사별 등) 경우를 제외하면 대부분이 엄마와 함께한다. 엄마가 일을 한다고 해도 퇴근 후 식사를 준비하거나 아이들 목욕을 시킨다거나 특히, 잠을 잘 때 엄마가 아이를 돌보는 경우가 많다. 따라서 아빠는 이런 순간들에 잠시나마 육아에서 해방된다. 엄마 육아가 24시간 노동이라면 아빠 육아는 16시간 근무랄까?

놀이터에서 만난 엄마들과 대화를 나누다 보면 모두 내 아내가 부럽다고 이야기하곤 했다. 퇴근해서 돌아온 남편들이 육아에 적극적이지 않다는 이유에서다. 처음에는 일부 집에서 그럴 수 있겠다고 생각했었다. 그런데 육아를 8년 이상 한 초등맘 카페 엄마들을 대상으로 설문 조사했더니, 상당히 충격적인 결과가 나왔다. 대부분의 엄마들이 독박 육아를 경험한 적이 있다고 답한 것이다.

대체 왜 엄마들은 독박 육아를 하는 걸까? 응답자의 대부분이 독박 육아의 이유로 '남편의 일'을 꼽았다. 첫째,

잦은 야근으로 인한 늦은 퇴근, 둘째 빈번한 출장(일주일에 한 번씩 출장을 가거나 심지어 한 번 갈 때마다 몇 주씩 걸리는 경우도 많았다), 셋째, 맞벌이 후 주말부부(맞벌이 생활을 하면서 주말부부를 하게 되어 어쩔 수 없이 엄마가 아이를 전적으로 책임지게 된 경우)로 인해 독박 육아를 하게 되었다고 한다.

그런데 여기서 궁금증이 생겼다. 왜 맞벌이를 하는데도 대부분의 육아는 엄마들이 맡아야 하는 걸까? 평소 친하게 지내는 엄마들과 이야기를 나누어보았다.

"엄마는 배 속에서 열 달 동안 아이와 먼저 교감하기도 하고 직접 낳아서인지 아이에 대한 애착이 더 강한 거 같아요. 또 아이가 아빠보다는 엄마를 더 편하게 생각하는 것도 있고요." 이 얘기를 듣고는 자리에 있던 다른 엄마들이 고개를 끄덕였다. 독박 육아 10년 차라고 자신을 소개한 란샘맘(가명)이 내게 반문했다.

"건우 아버님은 어떠셨어요? 건우가 주로 아빠와 생활을 했잖아요. 부인이 오신 주말에는 어떠셨는지요?"

"저는 세 살 때까지는 엄밀히 말해 독박 육아는 아니었죠. 그럼에도 불구하고 주말이 되면 건우가 엄마랑 안 떨

어지려고 해서 애를 먹었죠. 엄마한테 매미처럼 딱 달라
붙어 있었다니까요. 네 살이 되면서 독박 육아를 시작했
는데 처음에는 엄마랑 떨어져 있는 걸 힘들어했지만 시
간이 조금 지나면서 저와 함께 생활하는 걸 받아들였어
요. 아침에 아내가 늦잠을 자고 있으면 '엄마는 피곤하니
까 자야지? 아빠가 나랑 놀아줘' 하면서 절 깨웠고, 아내
가 컨디션을 회복하는 오후에는 다 같이 외출하거나 놀
이하면서 시간을 보냈어요."

내 이야기를 듣고 옆에 있던 다른 어머니께서 맞장구
쳤다. "맞아요. 저도 그런 듯해요. 아빠가 있어도 엄마만
찾고 심지어 응가 닦을 때도 아빠는 싫고 무조건 엄마 오
라고 변기에 앉아서 기다리더라고요."

"하하, 딱 우리 집과는 반대네요. 건우는 저만 찾거든
요. 그럼 이건 아빠, 엄마 육아의 문제가 아닌 누가 처음
부터 더 오래 아이와 시간을 보냈냐는 문제인 것 같네
요."

그랬다. 독박 육아를 맡는 사람이 대개 엄마인 까닭은
여자라서도, 엄마라서도 아니다. 태어나서부터 아이와 가
장 많은 시간을 보냈기 때문이다. 아빠들이 처음부터 육

아에 적극적으로 참여해준다면 '아빠 껌딱지'도 가능하지 않을까 생각한다.

전업맘이
편하다고요?

엄마에게는 집이 일터다

남자들과 육아 이야기를 하다 보면 가장 많이 듣는 말이
'나도 집에서 애나 봤으면 좋겠다'라는 말이다. 나도 한
때는 그런 생각을 하던 사람이었다. 하지만 막상 육아를
해보니 내가 창살 없는 감옥에 갇힌 새의 신세처럼 느껴
졌다. 누가 가지 말라고 막는 것도, 하지 말라고 말리는
것도 아닌데 아이를 생각하다 보니 아무것도 할 수가 없
더란 말이다. 아이의 말문이 터지기 전까지 육아를 하는
사람은 대화라는 것을 전혀 하지 못한다. 아이의 의사표

현이라는 게 웃거나 울거나 딱 두 가지뿐이니까.

게다가 가족을 위해 상사의 폭언을 참고 일하던 사람 (대부분의 경우 남편이 그 역할을 맡는다)이 집에만 오면 바로 그 불편한 사람이 되어 언어폭력을 일삼는다. 전업 육아 중인 아내를 은연중에 무시하는 표현이 시시때때로 튀어나오는 것이다. 그럴 리 없다고? 그럼 확인해보자. 아래 이야기 중에 하나라도 해본 적이 있다면 당신은 참 불편한 사람이다.

"오늘 잘 놀았어?"

"하루 종일 쉬었으면서 왜 맨날 피곤하대."

"난 일하다 왔잖아. 먼저 잔다."

"오늘 머리 안 감았어?"

"하루 종일 뭘 했길래 집 꼴이 이 모양이야?"

"아직도 저녁 준비가 안 되어 있으면 어떡해."

"먹을 거 없어? 일하다 온 사람 밥도 안 차려주고 네가 집에서 하는 게 뭐가 있어?"

"애 교육을 어떻게 시켰길래 저 모양이야."

"그렇게 불만이면 네가 나가서 벌어와. 내가 육아할 테니 대신 나만큼 벌어와."

어떤가? 전업으로 아이를 키우는 사람을 존중하고 있다고 떳떳하게 말할 수 있는가? 육아가 힘든 이유는 대화의 단절에서 끝나지 않는다. 아이가 어린이집이나 유치원 또는 키즈 카페 등에서 독감과 같은 유행성 병에 걸려 올 때, 이미 지칠 대로 지쳐서 깡으로 육아하는 엄마들은 무방비 상태로 옮을 수밖에 없다. 이런 순간에도 내 몸을 챙길 여유가 없다. 아프고 지친 몸을 이끌고 나보다 아이들을 먼저 챙겨야 한다. 입맛 없어 하는 아이들을 위해 평소보다 식사에 더 신경 써야 하고, 밤에는 혹시 열이 오르지 않을까 염려되어 한 시간마다 일어나 아이의 이마에 손을 대본다. 돌봐야 할 아이가 하나가 아닌 둘이라면 문제는 더 심각해진다. 아픈 아이 짜증을 받아주는 동시에 아프지 않은 아이와 놀아줘야 하고, 아프지 않은 아이에게 형제자매의 병이 옮지 않도록 위생에도 각별히 주의해야 한다. 내 몸 하나 건사하기도 힘든 판에 지옥도 이런 지옥이 따로 없다. 독박 육아의 최고봉은 이런 상황에도 도와줄 친인척 하나 없는 경우다. 이럴 때는 어찌할 도리 없이 눈물만 하염없이 흐른다. 이래도 전업맘들이 집에서 쉰다고 생각하는가?

해보지 않으면 결코 모르는 일들

직장 다니는 아빠들이 많이 하는 이야기 중 하나가 '야, 낮에 커피숍 가 봐라. 전부 다 아줌마다. 팔자도 좋지. 남편들 직장 보내놓고 커피숍에 모여 앉아서 남편 돈으로 커피 마시고 수다 떨며 시간 보내고 있으니 부럽다, 부러워'라는 푸념이다. 그래서 내가 엄마들에게 물어봤다.

"제 친구들이 이런 얘기를 가끔 하는데 진짜 현실을 모르고 하는 소리잖아요. 이런 친구들한테 제가 뭐라고 받아치면 좋을까요?"

그러자 한 엄마가 이렇게 이야기했다.

"건우 아버님도 늘 말씀하시잖아요. 건우 보면서 집에서 일하니 여기가 집인지 사무실인지 분간이 안 간다고요. 주부들도 마찬가지예요. 주부들에게 집은 직장이란 거죠. 저희도 가끔 외근도 가고 싶고 기분 전환도 하고 싶고 그런 거죠." 그러자 다른 엄마도 이야기를 거들었다. "남편들도 퇴근하고 회식하거나 하다 못해 동료들이랑 맥주라도 한잔하면서 스트레스 풀잖아요. 그런데 저까지 저녁에 나가면 아이는 누가 돌보겠어요? 어쩔 수 없이 저는 사회생활을 낮에 하는 것뿐이에요. 그리고 남자들이 회식 자리 싫어도 어쩔 수 없이 참석하듯이 우리들도 아이 관련한 정보 교류, 교우 관계 때문에 숙제하듯 가는 경우도 많아요. 그리고 남자들 술값이 더 많이 들겠어요, 우리들 커피값이 더 많이 들겠어요? 오히려 모임의 효율성도 우리가 더 높지 않나요?"

하나같이 맞는 말뿐이라 질문을 한 내가 다 민망해졌다. 이번에는 또 다른 엄마가 말했다. "사람마다 상황이 다 다른데 내가 왜 그렇게 하는지 굳이 설명할 필요가 있을까요? 그냥 뭐 눈에는 뭐만 보인다고 생각하면서 크게 신경쓰지 않아요."

"맞아요. 너무 웃긴 게 남자 회사원들 말이에요. 출근해서 담배 한 대 커피 한 잔, 점심 먹기 전 담배 한 대 커피 한 잔, 점심 후 담배 한 대 커피 한 잔, 졸린다고 담배 한 대 커피 한 잔, 퇴근 전 담배 한 대 커피 한 잔, 퇴근 후 술 한 잔, 두 잔. 결국 만취할 때까지 마시지 않나요? 그러면서 말은 번지르르하죠. 업무의 연속이라나? 우리 동네에 대기업 건물이 여섯 개쯤 있는데, 건물 앞 흡연 공간에 하루 종일 사람이 바글바글해요. 제가 그걸 보면서

'저 사람들은 대체 일은 언제 하나'라는 생각을 한다니까요. 그러면서 하루 종일 육아하다 잠시 짬을 내 커피 한 잔하는 여자만 보면 그렇게나 험담을 하다니, 정말 어이가 없어요."

이 이야기를 들으며 직장 생활하던 때를 떠올렸다. 당시 나도 일이 제대로 풀리지 않을 때면 잠시 밖에 나가 커피를 마시며 마음을 달랬다. 어쩌면 그런 모습이 다른 사람한테는 '일도 안 하고 노는 한심한 인간'으로 비쳐질 수도 있던 것이다. 육아도 마찬가지다. 해보지 않았으니 '애 어린이집(유치원) 보내고 쓸데없이 모여서 돈 쓴다'라는 잘못된 사고를 하는 거다. 그런데 직장이라면 커피 마시고 담배 피우는 걸 일일이 보고하고 원인과 이유를 그때마다 설명하지 않는다. 나는 여러 엄마들의 열변과 같은 토로를 들으며, 엄마들의 육아 고통을 아빠들에게 전달하려고 물어본 이 질문 하나가 얼마나 어리석었는지를 느낄 수 있었다.

여행으로
성장하는 아이

자연 속으로 떠난 국내 여행

우리 부부는 아이가 태어나기 전부터 10만 원씩 적금을
들어두었다. 매달 10만 원씩 저금한다는 게 쉬운 일은 아
니지만 카드 요금 나가는 날과 비슷하게 자동이체를 걸
어두니 체감 정도가 덜했다. '이번 달도 카드값이 많이
나왔네?'라는 느낌이랄까?

　어린 시절 우리 집은 형편이 넉넉하지 못했다. 당연히
여행이나 체험 학습은 꿈도 꾸지 못했었다. 그래서인지
결혼 전까지만 해도 여행에 대해 별 관심이 없었다. 그

시간에 책을 읽거나 잠을 자는 게 더 좋았다. 하지만 아내를 만나면서 모든 게 변했다. 아내는 별다른 취미가 없었지만 여행만큼은 참 좋아했다. 그러다 보니 신혼 때부터 우리 부부는 주말을 이용해 짧은 여행을 떠나기 일쑤였고, 이런 일은 내게 습관처럼 자리 잡았다. 물론 여행을 다녀오면 너무 피곤했다. 하지만 여행을 함께하면서 아내와 대화할 기회가 많아졌고, 우리가 교감하고 있다는 기분이 느껴져서 행복했다. 당연히 건우가 태어나서도 우리 부부의 여행에 대한 관심은 여전했다. 달라진 것이 있다면, 우리 둘만 다닐 때보다 여행의 목적에 대한 고민이 깊어졌다는 사실이다.

나의 초등맘 카페의 운영자로서 아이들에게 책상 밖에서 이루어지는 살아 있는 경험이 얼마나 중요한지를 잘 알고 있다. 여행이나 체험 학습은 공교육(교과서)이나 사교육이 결코 할 수 없는 정서적, 인지적인 부분을 채워주는 역할을 한다. 여행은 부모와 아이들을 한층 더 성장하게 해주고 환경에 대한 적응력과 도전 정신을 길러줄 뿐 아니라 부모와의 유대감을 높여준다. 한마디로 우리 모두를 자라게 해준다. 이렇게 우리를 성장시켜 주는 여행

이지만 주변의 경우를 살펴보면, 엄마들이 주도적으로
여행을 계획하고 실천하는 경우가 대부분이다. 아직 육
아하는 아빠가 많지 않은 까닭도 있겠지만 회사생활을
하는 아빠의 경우 휴가를 3일씩(주말 포함 5일) 자유롭게
사용한다는 게 현실적으로 불가능하기 때문이다. 그렇
다 보니 아빠들은 체험 학습이나 여행을 함께할 시간적
여유도 부족하고 관련 정보를 얻는 데도 서툴다.

그렇다면 엄마들은 여행(체험 학습 포함) 정보를 어디서
어떻게 얻을까? 보통 지인에게 추천받거나 인터넷 검색
을 통해서다. 여기서 지인이란 산후조리원 동기, 어린이
집과 유치원 모임에서 만난 엄마들, 비슷한 또래를 키우
고 있는 친구들을 말한다. 이렇게 지인을 통해 얻은 정보
를 인터넷 검색을 통해 더 구체화한 후 실제 여행을 계획
하는 것이다. 당연히 엄마들보다 육아하는 지인의 수가
적은 아빠들로서는 정보를 얻는 데 한계가 있을 수밖에
없다. 전적으로 육아를 전담하고 있는 나 역시 엄마들과
말을 트고 친해지기까지는 성공했지만, 단체채팅방에는
초대받지 못했으니까(엄마들이 모인 단체채팅방은 그야말로
금남의 집이다).

그럼 아빠들은 손놓고 있어야 할까? 그렇지는 않다. 인터넷 검색을 활용하면 최소한의 정보는 얻을 수 있다. 그런 뒤 주변 친구들에게 다녀온 적이 있는지 물어보면 더욱 도움이 된다. 실제로 나는 놀이터에서 몸으로 뛰면서 아이들과 놀아준 대가로, 여행에 대한 알짜 정보를 많이 얻을 수 있었다. 우리 가족은 이렇게 얻은 정보로 거의 매주 또는 격주로 여행을 다녔다. 고성의 공룡 박물관(상족암군립공원)을 비롯해 거창 수승대, 영덕 고래불 국민야영장, 고령 토끼마을 · 개실마을 · 대가야 역사 테마 관광지, 남해 독일마을 · 보리암 · 동피랑 벽화마을, 담양 메타세콰이아 가로수길, 단양팔경, 진주 진주성, 전주 한옥마을, 남원 광한루원 · 춘향테마파크, 제주도 절물자연휴양림, 부여 궁남지 · 낙화암 · 부소산성, 서산 마애삼존불상 · 해미읍성 · 간월암, 경주 첨성대 · 황리단길, 김천 직지사, 포항 오어사, 영주 부석사 등 일일이 헤아릴 수 없을 정도다. 나는 건우에게 무엇보다 인위적으로 만들어진 곳이 아닌 자연의 아름다움을 보여주고 싶었다. 그중에서도 고성 공룡박물관은 건우가 가장 좋아했던 곳 중의 하나다. 보통 아이들은(특히 남자아이들은) 공룡이라면

사족을 못 쓴다. 박물관에 도착해서 보니 입구부터 귀여운 공룡들이 아기자기 줄 지어 있었다. 집채만 한 크기의 공룡을 만났을 때는 건우의 눈이 휘둥그레졌다. 건우는 눈앞에 나타난 거대 공룡을 바라보며 박물관 이곳저곳을 신나게 누볐다. 박물관 산책로를 따라가다 발견한 공룡 모양의 놀이터는 단연 최고였다. 아이가 뛰어노는 동안 부모들은 광활한 바다를 보면서 잠시나마 힐링할 수 있었다. 드넓게 펼쳐진 푸른 바다와 사랑하는 아이의 재잘거리는 소리. 그때를 회상하니 저절로 입가에 미소가 지어진다.

날씨가 더워졌을 때는 캠핑도 자주 갔다. 가장 기억에 남는 캠핑 장소는 거창 수승대인데. 이곳은 흐르는 천을 막아 여름에는 수영장으로, 겨울에는 스케이트장으로 운영되고 있었다. 사실 우리 가족이 이곳을 찾았을 때는 늦여름 비가 오락가락하던 때였다. 별일 없겠지, 하고는 텐트 안에서 잠을 자고 있는데 아뿔싸, 후두둑 소리가 범상치 않더니 장대비가 퍼붓는 게 아닌가. 우리 가족은 급히 텐트를 빠져나와 근처 식수장으로 몸을 피했다. 그 와중에 건우가 비를 많이 맞아 나와 아내는 혹시라도 아이가 열감기에 걸리지는 않을까 걱정하며 밤을 새웠다. 당시에는 고생뿐인 여행이라 생각했지만, 지나고 나니 제법 괜찮은 추억으로 남았다.

늦가을에는 비행기를 타고 제주도로 떠났다. 비행기를 처음 타본 건우가 하늘 위 구름을 보고 신기해하던 모습이 지금도 생생하다. 혹시나 비행기 안에서 울면 어쩌나, 무섭다고 내려달라고 떼를 쓰면 어떡하나 걱정했는데, 그 모든 게 기우였다. 무사히 제주에 도착한 우리 가족은 절물자연휴양림에서 2박 3일을 지냈다. 휴양림은 봉개동 화산 분화구 아래 위치했는데 숲에는 수령 30년 이상의 삼나무, 소나무, 산뽕나무가 가득하고 까마귀와 노루도 살고 있었다. 휴양림 가운데 자리 잡은 절물오름은 많은 사람이 찾는 등산 코스인데, 정상에 오르면 말발굽형 분화구가 형성되어 있고 제주시와 한라산을 한눈에 내려다볼 수 있다. 수려한 자연경관 때문에 워낙 인기가 좋아 예약하는 게 하늘의 별 따기만큼 어렵다(매월 1일에 다음 달 예약을 동시에 받는데 1분도 되지 않아 매진되기 일쑤다).

제주에 머무는 3일 동안 건우와 우리 부부는 아름다운 자연에 취해 하루하루를 행복하게 보냈다. 요즘 건우는 제주도 언제 또 가냐면서 아내와 나를 채근하고 있다.

아이와 함께 가면 좋은 곳

• 서울 지역

영등포곤충체험학습장 / 주렁주렁동물원 / 서울숲 / 꿈의숲 /
난지캠핑장 / 한강수영장 / 종로얼음박물관 / 국립어린이과학
관 / 남산한옥마을 / 경복궁 / 광화문 / 청계천 / 북촌한옥마을
/ 경찰박물관 / 전쟁기념관 / 국립중앙박물관 / 올림픽공원 / 석
촌호수공원 / 서대문자연사박물관

• 경기도 지역

가평 아침고요수목원 / 과천 국립과학관 / 구리 한강시민공원 /
남양주 물의정원 / 동두천 어린이박물관 / 부천 로봇박물관 / 수
원 똥박물관, 화성 / 시흥 코박물관, 갯골생태공원 / 오이도 선
사유적공원 / 안산 사계절썰매장 / 안성 팜랜드 / 양주 조명박
물관 / 양평 소나기마을 / 용인 어린이박물관, 민속촌 / 고양 아
쿠아플라넷 / 오산 유엔군초전기념관 / 연천 고량포구역사공원
/ 의정부 과학도서관 / 의왕 철도박물관 / 평택 소풍정원 / 포천
아트밸리 / 하남 미사조정경기장

• 충청도 지역

청주 어린이회관, 고인쇄박물관, 상당산성, 상수허브랜드 / 충주
라이트월드, 라바랜드, 문암생태공원, 한국잠사박물관 / 서천 국
립생태원, 갯벌체험, 에코리움 / 보령 대천해수욕장, 개화예술공
원, 허브랜드, 리리스카페, 모산조형 미술관 / 진천 종박물관 /

서산 버드랜드 / 장항 스카이워크 / 청주 국립현대미술관 / 세종 호수공원, 정부청사 건물 및 옥상정원 / 진천 마차체험박물관 / 증평 좌구산휴양림 / 대전 오월드 / 태안 쥬라기월드 / 청양 알프스마을

• 강원도 지역
삼척 쏠비치 / 속초 설악산케이블카, 워터피아, 엑스포공원, 다이나믹네이즈, 속초시립박물관, 중앙시장, 곤충박물관 / 정선 화암동굴, 아라리촌, 아리랑박물관 / 평창 양떼목장, 휘닉스파크 / 춘천 애니메이션박물관, 로봇박물관, 꿈자람놀이터 / 영월 달빛동물원

• 전라도 지역
광주 아시아문화전당 / 목포 어린이바다박물관 / 해남 땅끝마을 / 강진 김영랑 시인 생가, 정약용 선생 유배지 / 보성 녹차밭 / 담양 죽녹원, 관방제림 / 전주 한옥마을, 전동성당, 해태크라운어린이체험미술관, 전라북도어린이창의체험관 / 보성 공룡박물관 / 광양 목재문화체험장 / 순천 기적의놀이터 / 임실 치즈테마파크

• 경상도 지역
예천 곤충박물관 / 상주 자전거박물관 / 경주 뽀로로 아쿠아빌리지 / 대구 기상청, 대구과학관 / 구미 금오랜드 / 부산 영도 해양박물관 / 예천 장수조이월드 / 부산 기장 수산과학관, 송도 송도케이블카, 영도해양박물관 / 고성 공룡박물관 / 포항 경상북도교육청과학원, 구룡포과메기문화원 / 합천 영상테마파크 / 영천 홀스파크 / 상주 낙동강자연생태공원

다름을 배울 수 있는 해외여행

우리 가족은 국내뿐 아니라 해외로도 여행을 떠났다. 건우와 함께 가본 곳은 베트남 다낭과 괌이다. 다낭은 부모님을 모시고 가는 바람에 패키지 여행을 택했다. 개인적으로 영유아와 함께 떠나는 여행이라면 패키지 여행을 추천하고 싶지는 않다. 짧은 시간에 다양한 관광지를 구경할 수 있고 외국어를 하지 못해도 가이드를 통해 의사소통이 가능하다는 장점이 있지만 여럿이 함께 모여 정해진 시간에 이동해야 하니 어린아이의 컨디션을 고려할 수 없다는 단점이 있다. 실제로 다낭 여행 중에 건우의 컨디션이 좋지 않아 하루만 숙소에서 쉴 수 없겠냐고 물었더니 가이드는 그렇게는 할 수 없다며 곤란한 표정을 지었다. 우리는 여행사 측에 전화를 걸어 상황을 설명하고 양해를 구했지만 '가이드가 없는 상태에서는 숙소에 머물 수 없다'라는 답을 들었다. 가이드가 없을 때 예상치 못한 사고가 생기면 여행사 책임이라는 게 그 이유였다. 화가 났지만, 규칙에 따를 수밖에 없었다. 결국 귀국 후 아이는 한동안 고열에 시달리더니, 결국 병원에 입원을 하고야 말았다.

그 일로 인해 나는 패키지 여행에 반감이 생겼다. 그리고 6개월 뒤 괌 여행을 계획하면서는 자유여행을 택했다. 7박 8일간의 일정이었는데, 우리 가족은 게스트하우스에서 4일, 호텔에서 3일을 지내기로 했다. 주택을 개조해 게스트하우스로 꾸민 첫 번째 숙소에서 우리는 작은 방 하나를 얻어 생활했다. 주방과 거실을 공동으로 사용해 약간 불편하긴 했지만 인터넷이 잘 되고 한국 텔레비전 방송도 볼 수 있어서 꽤 유용했다. 두 번째 숙소였던 호텔은 바닷가 바로 옆에 위치한 곳이었는데 스노클링을 하기도 좋고, 수영장도 아름다웠다(건우는 스노클링을 하다가 물고기가 너무 많아서 무섭다고 울어버렸다). 자유여행이다 보니 베트남에서와 달리 직접 운전하는 일이 걱정되었는데 렌터카 시스템이 잘 갖추어져 있었고 휴양지라 그런지 다들 평균 60km 이하로 천천히 달려 운전하는데 큰 어려움은 없었다.

내가 두 곳을 다니면서 느꼈던 해외여행의 긍정적인 효과는 크게 두 가지다. 첫째, 다양성을 배우게 된다는 것! 건우는 여행지마다 처음 보는 것에 강한 호기심을 보이며 끊임없이 질문했다. 실제로 건우는 흑인을 처음 보고는 내게 이렇게 물었다.

"왜 저 아저씨는 몸이 까만색이야?"

순간적으로 뭐라 대답해야 할지 몰라 망설이다가 "여기는 해님이 너무 강해서 까매진 게 아닐까?"하고 대답해주었다(갑작스러운 질문은 정말 당혹스럽다).

둘째, 고정관념을 깨게 된다는 것! 우리는 무더운 여름이면 반팔을 입어야 한다는 생각을 갖고 있다. 그런데 베트남에서 건우가 "왜 저 누나들은 더운데 긴소매를 입어?"라고 물어보았다. 버스 밖으로 보이는 긴 소매의 사람들이 이상했나 보다.

"응, 해님이 너무 따가워서 긴 옷을 입은 거래."

"그래? 해님아! 우리 안 따갑게 해줘."

건우는 이렇게 다양한 환경을 자연스럽게 받아들였다.

셋째, 아이와 서로 공감하는 부분이 생긴다는 것! 괌 여행 이후 건우는 자주 호텔에 있는 따뜻한 수영장에 또 가고 싶다고 이야기한다. 호텔에 묵는 3일 동안 매일 수영장에서 살다시피 했는데 특히 워터 슬라이드가 영유아들이 놀기 좋게 설치되어 있어서 굉장히 즐거워했다(워터 슬라이드 물살이 얼마나 역동적이었는지 내 래시가드 바지가 찢어지는 참사도 벌어졌다).

수영장 이용 시 주의사항

절대 아이보다 앞서 이동하면 안 된다. 아이의 뒤에 서서 아이가 어떻게 이동하는지 주의 깊게 살펴보아야 한다. 실제로 물의 깊이가 깊지 않다고 부모들이 앞에 먼저 걸어가다 뒤따라오던 아이가 익사하는 사고가 벌어진 적이 있기 때문이다.

엄마가
아빠에게

너만 친구 있는 거 아니거든요

아빠 육아 경력 6년 차가 된 요즘 여성 관련 프로그램에 초대받는 일이 늘고 있다. 괜히 참여했다가 대한민국 아빠들을 대신해서 핀잔을 듣는 건 아닐까, 엄마들의 불만이 더 쌓이는 건 아닐까라는 우려도 들지만 남녀 차이를 떠나 육아하는 사람의 입장에서 한바탕 수다를 떨고 오면 육아로 쌓였던 답답함도 풀어진다. 행사를 다니다 보니 이런저런 질문을 받게 되는데, 그중 가장 많이 듣는 질문은 이것이다.

"육아에 관심 있는 아빠들에게 상담 요청 많이 받으시겠어요?"

아쉽다고 해야 할까, 기회가 없었다고 해야 할까? 놀랍게도 아빠들이 육아에 대해 상담을 요청하거나 질문을 하는 경우는 거의 없다. 오히려 내게 상담을 청하는 건 주로 엄마들이다.

"똑똑! 도반장님 시간 좀 되시나요?"

아래층에서 손님이 찾아왔다. 아내와 같은 직장을 다니는 '6세맘'이다.

"그럼요. 무슨 일이세요?"

"남편 때문에 속상해서 상담 좀 받으려고요."

사연은 이랬다. 맞벌이를 하면서 여섯 살 된 아이를 키우고 있는 그녀에게 남편이 주말 중 하루는 자기 시간을 달라고 요구했다는 것. 직장 생활이 힘드니 하루만큼은 친구를 만나 스트레스를 풀고 싶다는 이유라고 했다.

"그래서 뭐라고 말해주셨어요?" 하고 물으니 "그래, 만나! 대신 애는 데리고 나가"라고 답해줬단다. 당연히 돌아오는 대답은 "애를 데리고 어떻게 친구를 만나냐"는 볼멘 소리였다고. 더군다나 남편이 친구를 만나러 간다는 곳은 차를 타고 한참 가야 하는 타 지역이었단다. 6세 맘은 어이가 없다는 듯 이야기를 이어갔다.

"나 참, 어이가 없어서. 저는 아이를 생각해 친구들을 제가 사는 지역으로 부르거든요. 그런 게 배려고 부모의 도리 아닌가요? 그런데 도반장님은 친구들 만날 때 어떻게 하세요?"

갑자기 불똥이 나한테로 튀는 기분이었다. "저도 아이를 데리고 있다 보니 친구들이 이쪽으로 오거나 아이와 함께 만나러 가게 되죠."

"그렇죠? 그러니까요. 이러니 제가 화가 안 나겠어요? 자기만 친구 있나! 정말 어떡해야 할지 모르겠어요!"

들어보니 화가 날 법도 하다. 그녀의 경우 맞벌이를 하지만 유치원에 아이를 등원시키는 것도, 퇴근 후 아이를 데리고 오는 것도 엄마 몫이라고 했다. 더군다나 저녁을 먹이고 목욕시키고 재우는 일까지 6세맘이 도맡아하고 있다니 그 삶이 얼마나 지치고 고될지 이해가 되었다.

만약 아내가 내게 저렇게 말했다면 난 뭐라고 대답했을까? 모르긴 모르지만 아마 험한 말부터 나왔을 테다.

그만큼 심각한 문제라는 뜻이다.

나는 그녀의 이야기를 들으며 왜 이런 문제가 생겼는지부터 곰곰이 생각했다. 그리고 '육아에 대한 인식 차이'라는 결론을 내렸다. 우리 집에서 육아는 당연히 함께하는 거다. 그런데 6세맘의 남편은 '아빠는 육아를 돕는 사람'이라고 생각하는 것 같았다. 함께한다는 것과 돕는다는 것 사이에는 큰 차이가 있다. 함께한다는 건 책임을 나눈다는 의미이지만, 돕는다는 말에는 책임이 포함되지 않는다. 하면 좋고 안 해도 그만인 것이다.

"이 인간을 어떻게 하면 좋을까요? 성질 같아서는 이혼이라도 해버리고 싶네요."

"이렇게 해보시면 어떨까요? 육아에 필요한 아빠의 역할을 좀 나누어주세요. 일단 저녁에 목욕시키고 잠을 재우는 건 무조건 아빠가 해야 할 일이라고 정하면 어떨까요?"

그러자 6세맘이 난색을 표했다. 엄마가 옆에 없으면 아이가 잠을 자려고 하지 않기 때문에 그건 곤란하다는 거였다. 나는 아랑곳하지 않고 그녀를 설득했다.

"해보지 않고는 모릅니다. 아빠에게도 아이와 이야기를 나눌 수 있는 좋은 시간이 될 겁니다. 세상에 엄마만 꼭 되는 일은 없어요. 엄마와 잘 자는 건 처음부터 엄마와 더 깊은 유대관계를 형성했기 때문이죠. 요즘 건우는 엄마가 아닌 아빠와 자려고 합니다. 건우도 처음에는 엄마가 아니면 안 자겠다며 울던 아이였거든요. 하지만 지금은 엄마보다 아빠와 자는 걸 더 좋아합니다. 아빠가 잘 때 동화책도 읽어주면 더 좋고요."

내 이야기를 듣던 6세맘은 과연 가능할까라는 표정을 지었다.

"충분히 할 수 있어요. 그렇게 아빠에게도 책임을 조금씩 나누어주세요. 단 시간이 필요합니다. 그러다 보면 점차 아내가 그동안 혼자 육아하느라 얼마나 힘들었을지 이해하고 자신의 행동을 후회할 날이 올 겁니다. 하지만 받는 게 있으면 주는 것도 필요합니다. 주말에 나가는 건 한시적으로 동의해주세요."

그 후로 6세맘네 집은 어떻게 되었을까? 여전히 아웅다웅하지만 몇 가지 변화가 찾아왔다고 한다. 일단 아이의 아침 식사를 아빠가 담당하게 되었고 처음에 아빠와 자지 않겠다던 아이가 서서히 아빠와 함께 잠들기 시작했다. 그동안 그녀는 밀린 집안일을 하거나 여가 시간으로 활용했다. 얼마 뒤 우연히 주말에 6세맘 남편과 아이를 만나게 되었는데 그가 내게 이런 말을 했다. "아내도 일주일에 하루 정도는 자기 시간을 가졌으면 좋겠다"고.

정신 차려 이 남자야!

평소 친하게 지내던 '초등맘'으로부터 전화가 왔다.

"도반장님, 이런 경우는 어떻게 하면 좋은가요? 친한 동생이 있는데 너무 속상해하네요."

"무슨 일인가요?"

사연을 듣고 보니 이번에도 정신 못 차리는 아빠의 이야기였다. 동생은 아이 둘을 키우며 남편과 같은 직장을 다닌다고 한다. 맞벌이를 하다 보면 회식이나 모임이 겹치는 날이 생기고 만다.

"여보, 나 오늘 모임 있어."

"어! 나도 회식 있는데 어쩌지?"

"지난번엔 내가 아이들을 데리고 나갔으니까 이번에는 한 명씩 데리고 가는 게 어떨까?"

여기까지 들으니 뒷 이야기를 짐작할 수 있었다. 그날

밤, 모임을 다녀온 남편이 거실에 홀로 앉아 인상을 쓰고 있더란다. 왜 그러냐고 물었더니 남편은 화를 버럭 내며 쏘아붙였다.

"회사 직원들이 나한테 뭐라고 했는 줄 알아? 남자가 회식하는 데 애를 딸려 보내고 너희 집사람도 대단하다란다. 내가 이런 소리까지 들으면서 살아야겠어? 정말 회사 사람들 보기 창피해서 원."

초등맘은 말을 전하면서도 화가 나는지 언성을 높였다. 동생도 똑같은 직장에서 똑같이 돈을 버는데, 동생도 아이 한 명을 데리고 회식에 참석했는데, 왜 여자만 이런 소리를 들어야 하느냐고. 심지어 모임 날짜를 먼저 잡은 건 동생 쪽이었단다. 다른 날로 옮기면 안 되겠냐고 했지만 오늘 꼭 가야겠다고 말한 것도 동생의 남편이라고. 가뜩이나 아이들 때문에 회식 자리에 불참하는 날이 많아서 눈치 보이던 차에 남편이 저렇게 말을 하니 얼마나 기운이 빠지고 섭섭하겠냐면서 초등맘은 동생이 확 회사를 그만뒀으면 좋겠다고 말했다.

그 이야기를 듣고 있으니 나도 화가 났다. 6세맘의 사연과 마찬가지로 이 남편도 육아는 엄마가 할 일이라고 생각하는 것 같았다. 더군다나 이 남편은 주말마다 축구 동호회 및 문예 모임으로 늘 집을 비웠고, 그때마다 육아는 엄마의 몫이라고 했다.

나 역시 육아 초기에는 모임에 갈 때마다 건우를 데리고 다녔다(아이를 맡길 곳이 전혀 없는 상황이었다). 친구들은 건우와 함께 오는 날 보고 "아내는 뭐 하고 네가 애를 데리고 나오냐?"고 핀잔했다. 하지만 점차 다른 친구들도 아이를 데리고 나오기 시작해 이제는 아빠와 아이들로 구성된 미니 가족 모임이 되었다. 이럴 때는 마치 내가 아빠 육아 전도사라도 된 듯한 기분이다. 이제는 아빠들 스스로가 변했으면 좋겠다. 육아는 돕는 게 아니라 당연히 함께하는 것이라고 생각하고 행여 육아에 비뚤어진 시선을 가진 사람을 만나도 당당하게 소신을 밝히는 멋진 남편, 당당한 아빠가 되었으면 하는 바람이다.

육아에 소홀한 아빠에게 엄마가 하고 싶은 말

• 지나고 나서 후회하면 늦는다. 어릴 때부터 많이 예뻐해줘.

- 쉬는 시간도 필요하지만, 가족과 함께하는 시간도 좀 내줘요.

- 지금 잘해라! 늦지 않았다.

- 지난 시간은 돌아오지 않는다. 가족도 노력이 필요하다.

- 돈 버는 기계로 살래? 아이들 아빠로 살래?

- 마음으로만 예뻐하지 말고 행동으로 보여줘라. 그래야 애들이 품에 안긴다.

- 남의 편이라고 남의 애 같냐? 네 애다!

- 나는 우리의 아이를 키우는 거다. 너는 나의 아이가 아니다.

- 나중에 아이에게 무시당하지 않으려면 지금 아이를 무시하지 말아라.

- 하숙생이냐? 밥 먹고 잠만 자게.

- 그렇게 살면 나중에 홀아비 된다.

- 혼자 살고 싶으면 쭉~ 그렇게 살렴.

- 돈이야 있다가도 없고 없다가도 있다. 하지만 지나간 시간은 돌아오지 않는다.

- 욱 하다가 훅 가는 수가 있다.

- 아들은 아빠와 닮아간다! 긴장합시다.

- 회사는 옮길 수 있다. 하지만 가족은 바꿀 수 없다.

Chapter
4

나를 찾아서

나도
소중합니다

맘충이라고요?

식충, 급식충 등 유난히 우리말에는 벌레라는 뜻을 가진
한자어 '충蟲'이 많이 붙는다. 그런데 도저히 참지 못하고
명치에 딱 걸리는 단어가 있다. 바로 '맘충!' 어디서 이런
외계어가 태어난 건지 모르겠다. 아니 어떻게 자신을 태
어나게 해준 엄마를 벌레에 비유하고 그 단어를 아무렇
지도 않게 사용하는지 도무지 이해할 수 없다. 처음에는
식당, 카페 등 공공장소에서 아이들을 통제하지 않는 일
부 엄마들을 비난하는 말로 쓰였지만, 이제는 육아하는

엄마들을 싸잡아서 일컫는 표현이 되고 말았다.

나는 결코 식당 테이블에 사용한 기저귀를 올려놓는다든가, (남자아이들의 경우) 근처에 화장실이 있음에도 컵이나 유리병에 소변을 누게 한다든가, 위험한 식기가 오가는 식당 통로에 위험천만하게 뛰노는 아이들을 방치한 채 수다 삼매경에 빠진 사람들을 비호하고 싶지 않다. 하지만 그들의 행동이 아무리 잘못되었다한들, 자신의 삶을 오롯이 아이를 위해 헌신하며 살아가는 엄마들에게 '맘충'이라는 프레임을 씌우는 건 결코 옳지 않다고 생각한다. 또한 이 표현에는 육아를 하는 주체가 여성이라는 고정관념이 담겨져 있다. '파파충'이라는 말은 한 번도 들어본 적 없으니 말이다.

육아는 누가 하든 고단하다. 사실 아빠들이 육아를 하고 있으면 잘못된 행동이나 틀린 이야기를 해도 "아이고, 아빠가 육아하신다고요. 진짜 대단하세요", "아빠가 육아하니 모를 수도 있죠"라고 다독이지 섣불리 비난하거나 끔찍한 의미가 담긴 딱지를 붙이지 않는다.

아이를 유모차에 태우고 걷다가 잠시 쉬고 있으면 어김없이 옆에 와서 담배를 피우는 사람들이 있다. 어찌나 당당한지 내가 민망할 정도다. 가끔 눈이 마주치면 왜 괜히 애를 데리고 나와서 사람 신경 쓰이게 하냐는 시선으로 날 쳐다본다.

나는 이 모든 갈등이 육아를 하는 사람과 그렇지 않은 사람들 간에 이해와 배려가 부족해서 생기는 일이라고 생각한다. 요즘은 예전과 달리 아이를 하나만 낳아 기르는 사람들이 많다. 저출산이 심각한 국가 문제로 대두될 정도다. 이렇다 보니 타인을 배려하기보다는 내 아이만 귀하게 여기는 이기심이 자칫 다른 사람의 눈살을 찌푸리게 하는 이른바 민폐 행동으로 이어지는 것 같다.

나 또한 예외는 아니다. 하지만 반대로 육아하는 사람들의 입장에서 생각해보면 그들이 왜 그런 행동을 할 수밖에 없는지 조금은 이해가 간다. 우리나라에 존재하는 모든 음식점, 카페에 아기 기저귀를 갈아줄 시설이 갖추어져 있는가? 절대 그렇지 않다. 그렇다고 울며 보채는 아이를 끌어안고 화장실을 찾아 헤맬 수도 없고 비위생적인 화장실 바닥에 아이를 눕히고 기저귀를 가는 일도 불가능하다. '맘충'이라고 손가락질하기 전에 우리 사회가 아이를 기르는 데 얼마나 적합한 환경인지 돌아보는 자세도 필요할 것이다.

세상에 나 자신이 소중하지 않은 사람은 없다. 육아하는 사람은 주변 사람들에게 민폐가 되지 않도록 스스로 노력해야 하고 또 주변 사람들은 육아의 고충을 이해하고 먼저 배려해줄 수 있는 사회가 되었으면 좋겠다.

노 키즈 온 더 블록

육아의 시간이 길어질수록 가끔(사실은 자주) 나만의 시간을 가지고 싶다는 생각이 든다. 나만 그런 건 절대 아니다. 주변 엄마들에게 물어보아도 누구나 다 비슷한 생각들을 하고 사니까. 그렇지만 현실은 녹록치 못하다. 친정엄마에게 도움을 청하는 것도 한두 번이고, 시어머니에게 얘기하면 괜한 꾸중을 듣기 일쑤다. 물론 이건 엄마들의 이야기다. 내 경우 편찮으신 어머니 찬스도, 먼 곳에서 농사를 지으시는 장모님 찬스도 절대 사용 불가다. 유일한 해결책은 아내와 시간을 잘 배분하는 수밖에.

육아가 이렇게 팍팍한데 요즘 세상은 더 퍽퍽하다. 최근 영유아와 어린이들의 출입을 막는 식당과 카페들이

늘고 있다. 이른바 '노키즈존No Kids Zone'이 성행하고 있는
것이다. 노키즈존의 본래 시행 취지는 나쁜 의도가 아니
었다. 하지만 그 목적이 변질되면서 아이들이 '골칫거리'
로 취급되고, 육아하는 사람들이 소외받는 차별적 공간
이 되었다.

TIP

노키즈존이란?

영유아와 어린이의 출입을 금지하는 업소를 가리키는 신조어다. 성인 손님에 대한 배려와 영유아 및 어린이의 안전 사고를 방지하기 위해 출입을 제한한다.

노키즈존이라는 용어는 2014년부터 사용되었다. 그 이전에도 어린이의 출입을 금지하는 업장이 없지는 않았으나 2016년경부터 본격적으로 논란이 되었다. 2017년 대한민국 국가인권위원회가 한 이탈리아 음식점이 설정한 노키즈존에 대해 일률적으로 아동의 출입을 금지하지 않을 것을 해당 업장에 권고하기도 하였다. 2019년 현재 대한민국 내에 370개 이상의 노키즈존이 존재하는 것으로 추정된다.

– 출처 : 네이버 시사상식사전 & 위키백과

『초등 6년이 아이의 인생을 결정한다』의 공동 저자인

황희진 작가(황 작가 역시 여섯 살 된 아이를 키우고 있다)와 노키즈존에 대해 이야기를 나눈 적이 있는데 황 작가의 말로는 처음에는 술집이 많은 유흥가에서 사용되었다고 한다. 그러다가 음식점 등에서 아이의 소란스러운 행동과 부모의 방관, 그리고 업장 내 안전 사고 발생에 대한 책임 소지가 원인이 되어 식당, 카페 등 아이들에게 해로운 환경이 아닌 곳에서도 '어린이 출입금지 구역'을 외치며, 전국적으로 확산하는 분위기란다. 분명 노키즈존을 찬성하는 쪽에서는 아이들의 안전과 부모의 책임 있는 제재가 확립되지 않는 한 노키즈존의 확산은 불가피하다고 주장할 것이다. 하지만 반대 입장에서 생각하면 어린이를 기르는 모든 부모들이 기피 대상이 된다는 점이 석연치 않을 것이다. 나도 아이를 키우고 있지만 가끔은 조용한 곳에서 아이들이 내는 소음에 방해 받지 않고 싶을 때가 있으니 노키즈존을 주장하는 사람들의 입장도 이해가 된다. 그렇지만 내가 누리는 자유가 다른 사람의 자유를 침해하고 상처 받는 일이 된다면 좀 더 신중하게 결정하면 좋겠다는 생각이다. 어느 날 갑자기 아이가 좋아하던 음식점에 들어서려는 순간 거부를 당한다면 그 아이들이 얼마나 큰 정신적 충격을 받겠는가. 또한 어른들은 세상 모든 아이를 보호해야 할 의무가 있다. 그래서 아이 한 명을 키우려면 온 동네가 힘써야 한다고 하지 않는가? 요즘은 어른의 자유 하나 지키려고 온 어린이가 억압받는 분위기 같다. 이렇게 상처받은 아이가 어른이 되어서 노인이 된 사람들을 어떻게 대할까? 굳이 설명하지 않아도 답은 뻔하다.

개인적으로 나는 시끌시끌한 어른들의 고함보다, 어린이들의 씩씩하고 또랑또랑한 목소리가 더 좋다. 아이를 낳도록 배려하는 사회가 되면, 아이가 행복한 세상이 되면 '출생률'은 저절로 늘지 않을까?

안녕하세요,
도반장입니다

'난 할 수 있어'라고 말해주세요

하루는 건우가 어린이집에서 배웠다면서 노래를 불러주
었다.

"넌 할 뚜 이떠라고 마래주세요. 그럼 우리는 무엇이
든 할 쑤 이찌요. 짜증나고 힘든 일도 신나게 할 쑤 있
는…… 음, 아빠! 그다음은 생각이 안 나."

수줍어하며 불러주는 이 노래 한 소절이 지쳐 있던 내
마음을 따뜻하게 어루만져주었다. 건우가 마치 내게 '아
빠도 무엇이든 할 수 있어'라고 에둘러 말하는 것만 같았

다. 사실 이 시기에 나는 유튜브를 시작할지 말지에 대해 심각하게 고민하고 있었다. 나보다 먼저 유튜브를 시작했던 친구는 일단 한번 보기라도 하라고 말했지만 나는 일과 육아만으로도 바쁘다면서 친구의 권유를 거절했다. 그런데 얼마 뒤 학교에서 내게 교양 과목으로 유튜브 강의를 맡아줄 수 있겠느냐고 연락이 왔다. 무작정 못한다고 할 수도 없고 '일단 일정이 되는지 확인해보겠습니다. 시간을 좀 주세요'라고 말한 뒤 유튜브에 들어가 콘텐츠들을 살펴보았다. 그때 처음으로 본 영상이 크리에이터의 대명사 대도서관의 실시간 방송이다. 처음 접한 방송에서 나는 놀라운 경험을 하게 되었다. 수천 명이 동시에 접속해서 나누는 대화창에 유튜브에 관한 질문을 남겼는데 그 많은 접속자 중에서 내 글을 읽고 답해주는 게 아닌가! 정말 신기했다. '이렇게 소통하는 것도 정말 재미있는 일이구나'라는 생각이 들면서 한편으로는 '이걸 내가 할 수 있을까? 나도 저렇게 여러 사람들 앞에서 말을 잘할 수 있을까'라는 걱정도 들었다. 그 날 이후 한참을 고민하던 나는 마침내 유튜브에 도전하기로 결심했다. 마침 카페에 올릴 양질의 교육 정보도 필요했고, 유튜브를 활용하면 엄마들과의 소통을 좀 더 활발하게 할 수 있을 것이라는 기대 때문이었다.

유튜브에 도전하다

유튜브 채널을 개설하면서 도준형이라는 실명 대신에 도반장이라는 필명을 사용하기 시작했다. 내 이름이 발음하기 어려운지 초등학교 시절부터 내 이름을 제대로 불러주는 사람이 드물었다. 심지어 생활기록부에조차 도춘녕, 도주영, 도준영, 도춘형 등 잘못 기재되기 일쑤였다. 그래서 카페 회원들에게 의견을 구했더니 '도반장'이라는 필명을 지어주셨다. 우리가 국민학교(초등학교)를 다니던 시절 학급의 대표를 반장이라고 불렀는데, 초등맘 카페 매니저인 내 입장에서는 딱 어울리는 이름이었다. 채널 이름까지 순탄하게 정하고 나서, 나는 자신 있게 첫 방송을 시작했다.

그러나 첫 방송의 결과는 참담했다. 시청자 수 0명! 충격이었다. 뭐가 문제지? 혼자서 고민해봐도 답을 찾을 수 없었다. 나는 다시 대도서관의 실시간 방송에 접속했다.

그리고 채팅창에 글을 적었다. 왜 이런 사태가 일어났는지 모르겠다며 앞으로 어떻게 해야 좋을지 의견을 구하는 내용이었다. 조마조마하게 기다리는데 감사하게도 대도서관이 내 고민에 답을 해주었다.

대도서관은 내가 목소리만으로 방송을 했던 게 관심을 받지 못한 이유라고 설명했다. 평소 외모에 자신이 없던 나는 목소리만으로 방송을 진행했는데, 만약 목소리만으로 진행할 거라면 팟빵과 같이 음성으로 진행하는 곳이 낫고, 유튜브를 시작하고자 한다면 당당히 시청자들에게 얼굴을 공개하면서 소통하는 게 좋을 것이라는 조언을 받았다.

나는 대도서관의 조언대로 얼굴을 공개하고 소통하기로 결정했다. 신기하게도 얼굴을 공개하자 다음 날부터 유튜브 실시간 방송의 시청자가 늘기 시작했다. 처음 라이브 방송을 하면서 재미있는 에피소드도 생겼다.

건우를 재우고 한참 방송을 하고 있는데, 건우가 방문을 열고 들어와 "아빠, 쉬 마려!"라고 말해버린 것이다. 방송사고라고 생각한 나는 얼음이 되어 한참 동안 꼼짝도 하지 못했다. 그런데 유튜브를 보던 분들은 이런 상황

이 생생한 육아의 현장이라고 느끼셨는지 "건우 너무 귀여워요", "이 맛에 도반장님 채널 본다니까요"라며 채팅장에 불이 났던 적도 있다.

건우 역시 아빠가 화면을 보면서 이야기를 나누는 상황이 신기했는지, 내가 방송을 할 때마다 들어와서는 〈아기 상어〉, 〈헬로 카봇〉 같은 노래를 불러주기도 하고, 새해에는 '온라인 이모'들에게 큰절을 하기도 했다. 물론 그때마다 폭발적인 성원이 쏟아졌음은 물론이다.

방송이 좀 익숙해지자 나는 사연과 신청곡을 받아 틀어주는 '보이는 라디오'도 진행했다. 그러자 엄마 옆에서 방송을 함께 보던 아이들이 "엄마, 내가 좋아하는 노래도 틀어달라고 해"라고 부탁하는 일도 생겼다. 언젠가는 내 채널을 즐겨 보는 한 학부모의 아이가 "오늘은 그 이상한 아저씨 방송 안 봐?"라고 물어봤다는, 민망하면서도 기분 좋은 글도 올라왔다. 처음에는 낯설고 두려운 일이었지만, 나에게 관심을 가지고 기다려주는 사람이 있다고 생각하니 마냥 신이 났다.

방송에 어느 정도 자신감이 생기자 욕심이 생겼다. 좀 더 전문적인 육아 정보를 전해줄 게스트를 섭외하기로 한 것이다. 마음은 먹었는데, 막상 어떻게 해야 할지 막막하기만 했다. 골똘히 고민하던 중 문득 시선이 책장으로 향했고 그 순간 평소 관심을 가지고 읽던 책 두 권이 눈에 들어왔다. 당장 해당 출판사로 섭외 요청 메일을 보냈다. 승낙해줄 것이라는 기대는 거의 하지 않았다. 일단은 부딪쳐보겠다는 무모한 용기였다. 그런데 그런 내 무모함이 통했다. 출판사에서 작가들이 허락해주었다며 연락처를 알려준 것이다.

내가 처음 섭외한 출연자는 『엄마 자존감의 힘』의 저자 임인경 님과 『우리들의 멋스러운 무단횡단』의 저자 이은경 님이었다. 이때 인연이 계기가 되어 나는 이은경 작가의 도움을 받아 내 인생 첫 번째 책인 『초등 6년이 아이의 인생을 결정한다』를 출간하게 되었다.

불가능할 것이라 생각했던 책의 출간은 나에게 새로운 용기와 기회를 만들어주었다. 그리고 내 책을 아는 분들이 또 다른 분들을 소개해주셨고, 인연은 점점 더 깊고 넓어지게 되었다. 점점 더 작아져만 가던 내 모습이 싫어서 무작정 시작했던 유튜브가 자존감 있는 나로 만들어준 것이다.

이 이야기를 읽고 나도 자존감 높은 사람이 되고 싶다는 생각이 든다면 자신만의 작은 도전을 시작했으면 좋겠다. 이 순간 여러분이 느끼는 감정과 경험은 모두가 소중한 콘텐츠가 된다. 가장 가치 있는 이야기는 보통 사람들이 털어놓는 지극히 사소하고 평범한 이야기다. 그만큼 모두가 경험하는 이야기이고, 진솔한 목소리이기 때문이다.

육아 때문에 괴로워했던 나는 육아로 인해 새로운 일들을 계속 경험해가고 있다. 그리고 지금은 이렇게 작가가 되어 글을 써나가고 있다. 육아 때문에 힘들어하는 모든 부모에게 말해주고 싶다. 지금 당신이 하는 그 일이 가장 위대하고 소중한 자산이라고, 그러니 그 일에서 생기는 경험을 바탕으로 새로운 일을 시작해보라고.

버스는 돌아와도
시간은 돌아오지 않는다

조금만 천천히 자랐으면

잠시 쪽잠을 잔 것만 같은데 시간은 흘러 추억이 되었다. 항상 귀엽고 어여쁜 아기로 내 옆에서 방긋방긋 웃고만 있을 줄 알았는데 이제는 제법 자기주장이 강한 여섯 살 어린이가 되었다. 하얗고 작은 손을 꼬물거리며 날 바라보던 반짝이던 눈빛과 미소를 가슴에 다 담지도 못했는데 이젠 장난이 가득한 얼굴로 매일 아침 나를 깨우며 놀아달라고 보챈다.

📢 **건우가 아빠를 깨우는 방법**

• 발로 얼굴을 발로 찬다(잠결에).

• 쉬가 마렵다고 아빠를 깨운다.

• '오늘은 누가 놀아주나' 하며 아빠가 뽑혔다고 말한다.

• 아빠 얼굴 만지작하며 생글생글 미소 짓기.

아직 내 인생조차 어디로 어떻게 흘러가야 할지 준비되지 않았는데 부쩍 커버린 아들을 바라보며 책임감이 드는 걸 보니 이제야 내가 어른이 되었나 보다. 순간 늙으신 어머니가 떠올랐다. '엄마도 여전히 내 걱정을 먼저 하시겠지.' 문득 엄마에게 죄송한 마음이 들었다.

이런 마음은 얼마 전 개봉한 영화 〈82년생 김지영〉을 보면서도 계속됐다. 주인공 어머니가 딸을 안아주는 장면에서 한없이 눈물이 났으니까(우는 남자는 나뿐이어서 창피했는데, 주변 어머니들이 모두 울고 계셔서 다행히 티가 안 났다).

하루하루 다르게 부쩍 자라는 건우에 대한 아쉬움이

나를 찾아서

컸지만, 아내에 비한다면 나는 명함도 못 내밀 처지였다. 그도 그럴 것이 갑작스러운 타지 인사발령으로 겨우 일주일에 이틀만 아이를 보게 되었으니 그 애잔함을 어떻게 말로 다 표현할 수 있으랴.

아내는 주말마다 건우를 보면 "건우야, 좀 천천히 크라니까? 엄마 서운해!"라고 투정을 부리기도 했고, 계절이 바뀔 때마다 작아진 아이의 옷을 들고서는 "작년에는 헐렁했는데, 이제는 기장이 짧네"라며 아쉬움을 토로했다.

아내가 서운해하는 일은 또 있었다. 바로 건우의 애교 트레이드마크 '엉덩이춤'이다. 어린 시절(지금도 물론 어리지만) 건우는 틈만 나면 엄마한테 달려와서 엉덩이춤으로 관심을 끌었다. 엉덩이춤뿐이겠나. "엄마, 내가 만든 노래야. 들어봐" 하며 "~차에 있는 킥보드를 빼줘~ 이제는 자전거도 탈 거야~" 하며 목청 높여 노래를 불러주던 아이였다. 그런데 언젠가부터 건우는 엉덩이춤을 보여달라는 아내의 요청에 "지금 말고 나중에!"라고 미루거나 못들은 체 딴청을 피웠다. 그리고 그때마다 아내의 눈빛에는 안타까움이 묻어났다.

첫째는 처음이라 정신없이 지나간다고 하더니 나 또한

건우가 이렇게 크고서야 그 말의 의미가 와 닿는다. 가만
히 앉아서 지난 시간을 떠올려보면 기억이 잘 나지 않다
가도 서랍 속 작아진 건우의 옷들을 보면 그 옷을 입고
기고 뛰던 순간들이 주마등처럼 스쳐갔다. 나는 왜 그 소
중한 시간을 힘들다고만 투정하며 지냈을까? 이제 와서
후회해본들 그 시간은 돌아오지 않는데 말이다.

슈퍼맨의
비애

독박 육아의 종지부를 찍다

1년간의 독박 육아에서 벗어나 동해 바닷물이 넘실넘실 대는 포항으로 이사를 왔다. 창문을 열면 바다가 한눈에 들어오는 멋진 풍경을 가진 집이다. 아이를 위한 선택이자 나를 위한 결정이었다.

"아들! 엄마랑 매일 같이 있어서 좋지?"

"응! 엄청 좋아. 하늘만큼 우주만큼."

전에 살던 곳에서는 어린이집만 다녀오면 놀이터로 달려갔는데 이곳에서는 바닷가 모래사장으로 달려간다. 모래놀이를 하기도 하고 킥보드를 타고 모래사장에 길을 내기도 하며 즐거운 시간을 보낸다. 이곳으로 이사를 오면서 건우는 유치원에 다니기 시작했다. 예상대로 건우는 유치원 등원을 거부했다. 겨우 설득해서 유치원 앞까지 가도 들어가지 않고 문 앞에 선 채 서럽게 울기만 했다. 아이의 눈물을 보면서 부모로서 못 할 짓을 하는 건 아닌지 죄책감이 들었다. 그러나 아이 앞에서 이런 속마음을 내보일 수는 없었다. 아이가 부모를 보고 더 불안해하기 때문이다. 건우가 우는 건 달라진 환경의 영향이 크다고 생각했다. 늘 익숙한 길을 걸어서 다니던 어린이집과 달리 유치원은 매일 차를 타고 10분을 가야만 했다. 그리고 또래 친구 다섯 명과 함께 옹기종기 생활할 때와 달리 전체 원생 수가 175명이나 되는 유치원에서 건우에게 일일이 신경을 써주는 건 불가능한 구조였다. 건우가 불안감을 느끼는 건 어쩌면 당연한 수순이었다. 급히 전에 다니던 어린이집 원장님과 유치원 원장님 모두에게 전화를 걸어 어떻게 하면 좋을지 상담을 받았다. 어린이집 원장님께서는 아이가 원하는 시간에 아빠가 언제든 데리러 갈 수 있게 유치원에 요청하라고 하셨고, 유치원

원장님께서는 등원 시 아이 손에 엄마와 아빠 사진을 좀 크게(A4 크기) 출력 후 코팅해서 보내달라고 하셨다. 그 때문에 3월에 찍은 유치원 단체 사진에는 코팅된 아내와 나의 사진이 건우의 손에 곱게 들려 있다. 유치원 원장님 말씀에 따르면, 건우는 엄마, 아빠가 보고 싶을 때마다 구석에 가서 사진에 뽀뽀하고 볼에 비비면서 불안함을 이겨 냈다고 했다. 얼마나 들고 다녔는지 모서리가 헤져서 코팅을 세 번이나 다시 해야 했다. 밥 먹을 때, 교구 놀이 할 때, 화장실 갈 때, 심지어 치카(양치)할 때조차 손에서 사진을 놓지 않았다고 하니 건우의 불안함이 어느 정도 였는지 짐작할 수 있을 것이다. 그런데 한 달이 지난 어느 날 건우는 사진을 내려놓으며 이렇게 말했다.

"아빠! 이제 사진 넣지 마. 대신 잊지 말고 4시에 데리러 와! 꼭이야 꼭!"

그렇게 건우는 씩씩하게 '형아'가 되어가고 있었다.

아빠도 두려운 게 있단다

건우가 유치원 적응이 끝나고 나니 이번에는 아빠의 시

련이 찾아왔다. 내가 제일 두려워하는 유치원 운동회였
다. 마음 같아서는 "아빠 일하러 가야 해" 하며 빠지고 싶
었으나 건우는 벌써 운동회에 대한 기대가 충만했다. 작
년에 어린이집에서 타 어린이집과의 대항전 형식으로 벌
어진 운동회 때 젊은 아빠들 사이에서 이미 참담함을 느
껴보았던 나는 그런 참사가 다시는 벌어지지 않기를 간
절히 바랐다. 그런 내 마음이 하늘에 닿았을까? 운동회가
열리는 날 태풍이 온다는 소식이 들렸다. 속으로 쾌거를
외쳤다. 하지만 하늘도 무심하시지. 운동회 취소되는 거
냐고 묻는 내게 유치원 선생님은 환한 얼굴로 이렇게 대
답하셨다.

"아버님, 실내체육관에서 할 거라서 비가 와도 괜찮아
요. 걱정하지 말고 오세요."

아, 1등과는 거리가 먼 아빠를 보고 실망할 건우를 생
각하니 벌써 머리가 아파왔다. 마음은 우울했지만, 신나
서 빨리 가자는 건우의 손을 잡고 체육관으로 향했다. 다
행히 원생 수가 많아 굳이 나까지 참여할 필요가 없겠다
는 생각이 들었다. 잠시 뒤, 아이들의 달리기 시간이 다가
왔고, 날쌘돌이 건우는 여유롭게 1등을 차지했다.

"아빠 나 1등 했어. 올리비아 선생님이 도장 찍어줬어. 봐봐!"

"그래, 아빠 닮아서 달리기도 잘 하네"라며 칭찬을 실컷 해주고 나니 방송이 울렸다.

"잠시 후 아버님 어머님 경기를 시작하겠습니다."

이때까지만 해도 나와는 상관없는 일이라고 생각했다. 곁눈질로 살펴보니 경기 규칙은 꽤 간단했다. 매트 위에서 한 바퀴 구른 다음 바로 앞에 놓인 수건을 먼저 가지고 가는 사람이 이기는 경기였다. 먼저 시작된 엄마들 경기는 꽤 치열했다. 수건이 금테라도 두른 양, 모두가 최선을 다해서 경기에 임하고 있었다. 그리고 드디어, 올 것이 왔다. 아버지 경기가 시작되려는 찰나(나는 당연히 참여하지 않을 생각에 멀리서 뒷짐을 지고 있었다) 건우가 나를 쳐다보며 "아빠 꼭 이겨! 나도 수건 꼭 가지고 싶어" 하는 게 아닌가.

급기야 선생님까지 오셔서 날 잡아끌고 앞으로 나가셨다. 정신을 차리고 보니 불식간에 난 출발선 앞에 서 있었다. 좌우를 살펴보니 30대 초반, 더 젊은 아빠는 20대 후반으로 보였다. 시작도 전에 절망감이 밀려왔다. 40대

중반의 내가 열 살 이상 차이 나는 아빠들을 어떻게 이 긴단 말인가. 정말 앞이 캄캄했다. 그런데 생각할 시간도 없이 바로 내 차례가 왔다. '준비~ 땅' 무의식적으로 몸이 반응했다. '에라~ 모르겠다. 죽기 아니면 까무러치기다.' 나는 낙법을 치듯이 손을 쭉 앞으로 뻗고 몸을 날렸다. 그리고 잠시 후 바닥에 목이 닿으며 '우두둑' 소리와 함께 획 한 바퀴 돌아 앞으로 달렸다. 결승점을 통과하고 보니 내 손에 수건이 쥐여 있었다. "이야~ 이겼다. 건우야! 아빠가 이겼어." 잽싸게 건우에게 달려가 수건을 건네주었다. "아빠 내가 다 봤어. 아빠 엄청 멋지더라. 붕 날라서 획 하고 돌더라. 아빠 최고!" 기뻐하는 아들을 보고서야 나는 긴장이 풀렸다. 그 순간 악! 목이 부러진 듯 아팠다. 그제야 좀 전에 '우두둑' 뼈 부서지는 듯한 소리가 내 몸에서 났다는 걸 기억해냈다. 슈퍼맨처럼 멋진 아빠 한번 해보겠다고 했다가 진짜 하늘나라로 갈 뻔했다.

아빠가
왜 좋아?

세상으로부터 널 지켜줄게

포항으로 이사와 바닷가에서 주로 놀다 보니 예전만큼 놀이터에서 시간을 보내지 못했다. 그래서 더 추워지기 전에 놀이터에 가 보기로 마음 먹었다.

"건우야, 아빠랑 놀이터 갈까?"

"좋아요. 킥보드도 가져갈래. 장난감 친구들도……. 아 맞다! 아빠, 물 챙기는 거 잊지 마! 나, 놀고 나면 목말라."

놀이터에 가자고 하니 신이 나서인지 건우는 이것저것

챙겨야 한다며 분주하게 움직였다. 모처럼 우리는 놀이터에서 킥보드도 타고 술래잡기도 하고 미끄럼틀도 타면서 재미있게 보냈다. 잠시 놀이터 벤치에 앉아 건우에게 물을 먹이고 있는데, 충격적인 일이 벌어지고 말았다.

당시 우리 옆자리에는 초등학교 저학년으로 보이는 아이가 아빠로 보이는 사람과 함께 앉아 있었다. 아이는 무선 조종 자동차를 가지고 놀고 있었는데 남자가 아이에게 자동차를 달라고 손을 내밀었다. 아이는 조금 더 놀고 싶었는지 남자의 말을 듣지 않고 계속해서 자동차를 조종했다. 그런데 그 순간, 남자가 순식간에 아이의 손에 들려 있던 자동차를 빼앗더니 아이의 얼굴을 향해 던져버렸다. 아이의 얼굴은 빨갛게 달아올랐고 얼굴을 강타한 자동차는 그대로 바닥에 떨어져 산산이 부서지고 말았다. 순간 놀이터에 있던 모든 사람들이 깜짝 놀라 웅성거렸다. 나는 재빨리 뒤돌아서 건우를 와락 껴안았다.

아빠는 늘 자신을 사랑하고 지켜주는 사람이라고 굳게 믿고 있는 아들에게 이런 끔찍한 장면을 모습을 보여줄 수 없었다. 놀랍게도 그 아이는 울지도 않은 채 아빠로 보이는 그 남자를 잠시 쳐다보더니 그 자리를 떠나고 말았다. 마치 이런 일에 익숙하다는 표정이었다. 그 남자는 홀로 자리에 남아 씩씩거리더니 어디론가 전화를 걸었다.

"아빠, 왜 그래? 나 숨 막혀."

"미안, 아빠가 건우를 너무 꽉 안았네."

"아빠! 그런데 갑자기 왜 안았어?"

"아~ 바람이 세게 불어서. 안 추웠어?"

"바람? 나 안 추웠는데."

"건우야, 바람도 부는데 아빠랑 집에 가서 쿠키 먹는 거 어때?"

한시라도 빨리 이 공간에서 벗어나고 싶었다. 다행히 건우는 그러자고 했고, 우리는 함께 집으로 돌아왔다.

부모는 자식의 거울이라는데 그 아이는 어떤 어른이 될까? 폭력성을 가진 아이로 자라 그 아이로 인해 또 다른 아이가 피해를 보는 불상사가 생길 수도 있다. 부모의 말과 행동은 아이의 성장에 큰 영향을 미친다. 언젠가 무단 횡단하는 사람을 보고 건우가 말했다.

"아빠! 저 아저씨 빨간불인데 그냥 건너가. 경찰 아저씨가 좀 이따 잡아가겠네. 아빠는 안 가고 있지?"

"그럼, 아빠도 건너가면 좋겠어?"

"안 돼! 빨간불일 때는 소피아 선생님이 멈춰야 한다고 했어."

만약 내가 이 상황에 "괜찮아, 바쁘면 건널 수도 있는 거야"라고 안일하게 말했다면, 아이는 언제라도 무단 횡단을 할 수 있다고 여기게 된다.

모든 칭찬이 고래를 춤추게 하는 건 아니다

요즘 부모들은 칭찬이 아이의 성장에 도움이 된다는 말을 너무 믿는 경향이 있다. 하지만 무조건적인 칭찬은 약이 아니라 독이 될 수 있다. 아이가 잘못한 부분에 대해서 올바로 알려주지 않고 무작정 "잘했다", "괜찮다", "아이고, 우리 아들 천재인가 봐", "너 하고 싶은 거 다 해"라는 식으로 감싸다 보면 아이는 칭찬을 받고 싶은 마음에 자신의 잘못을 감추고, 심지어 거짓말까지 하게 된다.

하루는 건우가 토요일 아침에 거실에서 혼자 TV(유튜브)를 보고 있는 것을 보고 내가 물었다.

"건우야, TV 어떻게 틀었어?"

"엄마가 틀어줬어."

분명 아내는 방에서 나와 함께 자고 있었는데 언제 나와서 텔레비전을 틀어주었단 말인가? 순간 건우가 거짓말을 하고 있다는 것을 직감했다.

"건우야, 아빠가 한 번만 물어볼게. 잘 생각해서 답해, 알았지? 거짓말하면 아빠는 앞으로 건우에게 엄청 무서운 아빠가 될 거고 솔직하게 이야기하면 혼내지 않을 거야. 텔레비전 정말 엄마가 틀어준 거 맞니?"

잠시 눈치를 보던 건우는 "아빠 미안해요. 내가 틀었어요"라고 대답했다.

"허허, 건우야. 네가 혼자 컴퓨터 켜서 유튜브를 직접 틀었다고?"

TV까지야 리모컨을 누르면 되지만 컴퓨터를 켜고 인터넷 창에서 유튜브 채널을 찾아서 본다는 게 다섯 살에 가능한 일인가라고 생각하고 있는 순간 방에서 아내가 나왔다.

"여보, 그거 내가 가르쳐줬어, 생각보다 잘하더라."

나는 겉으로 내색하진 않았지만 건우가 대견하게 여겨졌다. '언제 이만큼 자란 거지?' 그러고는 건우에게 "아빠에게 거짓말하지 않고 솔직히 말했으니 아빠가 이번에는 보게 해줄게"라고 말하며 토닥여주었다. 설령 잘못한 일이 있다고 해도 솔직하게 이야기하면 오히려 칭찬 받을 수 있다는 사실을 아이에게 가르쳐주고 싶어서였다.

아이들은 누구나 실수를 한다. 또 그 실수를 통해 새로운 것을 배우게 되고 성장한다. 부모는 아이가 잘못을 되풀이하지 않도록 일깨워주면 되는 것이다. 판단은 오롯이 아이들의 몫이다.

언젠가 아들은 내게 이런 말을 해주었다.

"아빠가 내 아빠라서 좋아."

"그래? 아빠가 왜 좋은데?"

"항상 웃어주고 놀아주고 영화관도 함께 가주고, 또 여행도 함께 가니까."

난 오늘도 그리고 내일도 먼저 행동으로 보여주고 아이가 내 사랑을 느낄 수 있도록 최선을 다하고 있다. 내가 지난 6년간 육아를 하며 배운 건, 아이는 나를 보고 자라지만 나는 아이를 보며 배운다는 것이다.

Chapter
5

아빠가 깨달은
육아 철학

인생에 단 한 번,
아이 머릿속 방 만들기

학습능력이 뛰어난 아이로 키우기

초등맘 네이버 대표 카페를 운영하다 보니 자연스럽게 다양한 책을 접할 수 있었다. 손꼽히는 출판사에서 내게 책을 선물해주시는 일이 잦기 때문이다. 얼마 전『아이의 두뇌는 5세까지 준비하세요』라는 책을 읽었는데, 아이들은 만 5세 그러니까 우리나라 나이로 7세까지 형성된 뇌속의 방을 활용해서 평생 살아간다는 내용이 담겨 있었다. 한마디로 영유아기에 어떤 환경에서, 어떤 교육을 받았는지가 평생을 살아가는 데 있어 정말 중요하다는 뜻이다.

뇌 속에 형성되는 구조를 집에 비유해보자. 집 안에는 침실이 있고 공부방이 있으며 놀이방도 있다. 놀이방에서는 각종 장난감 등을 가지고 놀기가 편하게 꾸며져 있다. 마찬가지로 침실은 편히 쉴 수 있는 공간으로 꾸며지며 우리는 그곳에서 휴식을 취한다. 만약 잠자는 침실에 와서 장난감 놀이를 하려면 얼마나 불편하겠나. 공부도 마찬가지다. 익숙해져도 하기 싫은 게 공부라는 녀석인데, 환경이 제대로 갖춰지지 않았다면 당연히 효율도 떨어질 수밖에 없다.

그렇다면 아이에게 어떻게 해야 적합한 환경의 방을 만들어줄 수 있을까? 아주 간단하다! 많이 듣고, 많이 보고, 많이 경험하면 된다. 특별한 말이 아니라 실망했을지도 모른다. 하지만 정말이다. 아이가 갓 태어나면 눈이 보이지 않아 지식을 습득하지 못할 것 같지만 사실 귀가 열려 있다. 아이는 이미 엄마 배 속에서부터 소리를 듣는다. 우린 그걸 태교라고 부른다. 태어난 지 1년쯤 지나면 세상 모든 것이 신기해 한 곳에 시선이 오래 머물지 못하지만, 여전히 귀는 끊임없이 열려 있다. 그렇기 때문에 부모의 대화와 TV나 스마트폰 등에서 흘러나오는 소리를 통해 어휘를 익히고 머릿속 뇌에 지속적인 자극을 주어 방을 형성하게 된다. 그러니 갓난아이를 앞에 두고 부부가 심하게 말싸움을 하거나 욕설을 하지 않도록 주의해야 한다.

우리 주변을 한번 살펴보자. 일반적으로 의사를 많이 배출한 집안에서는 의사가 나올 확률이 그렇지 않은 곳보다 좀 더 높다고 한다. 법조인, 경영인 등 다른 직업군도 마찬가지다. 그 이유는 무엇일까? 그냥 지독하게 공부를 시켜서가 다일까? 그건 바로 영유아 시기부터 부모들이 나누는 대화를 듣고 자란 아이들의 뇌 속에 그와 관련된 직업군의 어휘를 다루는 방이 형성되었기 때문이다. 따라서 성인이 되어 그 직업군에 대한 이질감, 즉 반감이 줄어든다.

건우의 경우도 한 살 때부터 내가 업무상 전화 통화하는 걸 듣고 미팅에도 따라가면서 경제, 특히 홍보, 마케팅과 관련한 어휘를 습득할 기회가 많았다. 또 대기업부터 소상공인까지 다양한 직업군에 있는 분들과 오랜 시간 대화를 나눌 일이 많았는데, 그걸 옆에서 계속 듣다 보니 뇌에 자극이 많이 가게 되었고, 이 때문인지 또래 아이들에 비해 말문도 일찍 트이고 표현력도 뛰어난 편이다.

세 살이 되어서부터는 건우에게 책과 친해질 기회를 주고 싶어서 독서 지도 선생님을 일주일에 한 번씩 오시게 했다. 이때 가장 중요한 것은 선생님이 얼마나 신명 나고 재미있게 읽어주시느냐다. 다행히 건우의 선생님은 목소리를 바꿔가면서 실감나게 책을 읽어주셨다. 하지만 당연히 어른과 아이는 다르다. 금세 다른 쪽으로 시선을 빼앗긴다. 하지만 난 전혀 걱정하지 않았다. 아이는 항상 귀를 열어놓고 듣고 있기 때문이다. 또한 지금의 책 읽기는 학습이라기보단 뇌의 구조를 형성하고 친숙하게 만들

아이에게 상처주는 부모의 말들

• 이제부터 나 네 엄마 안 한다!
• 이럴 거면 나가서 혼자 살아!
• 넌 왜 그 모양이니?
• ○○이는 잘한다는 데 너는 왜 그렇게 못해?
• 장난감 다 버릴 거야.
• 넌 그래서 안 돼.

어주는 목적이기 때문에 책이라는 방에 재미라는 벽지를 붙여준다는 생각만 가지면 된다. 그러니 이 시간에 아이가 산만해 보인다고 화를 내거나 혼낼 필요가 없다.

이렇게 유아기에 소리와 체험을 반복함으로써 뇌에 여러 종류의 방을 골고루 만들어주면 초등학교 입학 후 성장기에 많은 도움이 된다는 이야기다. 만약 자신의 아이가 이 시기를 지나버렸다면 어떻게 해야 할까? 늦었다고 포기해야 되는 걸까? 그렇지 않다. 뇌에 방이 생기면 좀 더 쉽게 잘할 수 있다는 뜻이지, 방이 형성되지 않았다고 해서 불가능하다는 의미는 아니다. 만약 자녀가 13세 이하라면 기회는 남아 있다. 초등학교 4~6학년에 해당하는 11세에서 13세의 경우 뇌과학 연구자들은 한 번 더 방의 구조가 변한다고 설명한다. 아울러 이미 방을 형성한 아이들이라면 각 방마다 세부적으로 잘 정리할 수 있는 상자들을 만들 수 있는 시기라고 생각하면 좋을 듯하다. 다만 이 시기는 사춘기와 맞물려 있기 때문에 어린 시절 부모의 사랑을 충분히 받지 않고 자랐다면, 아무리 좋은 기회라도 해도 뇌의 구조는 바뀌기 어렵다. 따라서 평소에도 부모가 아이를 얼마나 사랑하고 아끼는지 자주 표현하고 소통하는 게 그 무엇보다 중요하다.

부모는 아이의 마음을 모른다

부모들이 관심을 가지는 분야는 단연 교육이지만 잊지 말아야 할 것이 있다. 바로 아이의 마음이다. 부모들은 아이들에게 제대로 된 교육 환경을 만들어주는 것이 부모의 역할이라고 믿으면서, 그것만이 아이에게 행복한 미래를 선물해줄 수 있다고 생각한다. 하지만 살다 보면 깨닫게 된다. 아무리 좋은 학교를 졸업했다고 해도, 남들이 선망하는 직업을 가졌다고 해도 모두가 행복하게 사는 것은 아니다. 행복하다는 느낌은 물질적 풍요나 좋은 교육 환경에서 오는 게 아니라 아이의 마음에서 생겨나기 때문이다. 심리적으로 편안함을 느낀다거나 누군가로부터 사랑받고 있다고 느낄 때 사람은 행복감을 느낀다. 모든 부모들은 언제나 내 아이가 행복하기를 바라며 지금 이 순간에도 많은 노력을 하고 있다. 그런데 이런 노력에도 불구하고 오히려 부모들이 아이들의 미래를 책임질 뇌를 손상시키고 있다는 사실을 아는 사람은 그리 많지 않다. 뇌 과학자를 비롯해 소아정신과 분야의 전문가들이 출간한 책들을 살펴보면 이 부분에 대한 이야기가 잘 나와 있다. 아이가 태어나서 영유아기를 거쳐 사춘기를 지날 때까지 뇌는 계속 성장하게 되는데, 이때 아이가 부모로부터 사랑받기는커녕 극도의 스트레스를 받게 되면 뇌는 그 환경에 살아남기 위해 인위적으로 변한다는 것이다. 진작 이 사실을 알았다면 건우에게 상처를 주지 않아도 되었을 텐데 나는 아이의 마음에 큰 상처를 주고 난 이후에야 아이의 마음에 대한 공부를 시작했다.

건우는 네 살이 되면서 자기주장이 강해졌고 반대로 나는 독박 육아와 일로 점점 지쳐가고 있었다. 마음이 편치 않자 나는 별일 아닌 것에도 건우에게 짜증을 내는 일이 많아졌다. 그러던 어느 날 유치원 하원 후 놀이터에서 두 시간 정도 놀아주고 집으로 돌아왔는데 건우가 졸려 하는 것 같았다. 나는 샤워를 하고 밥을 먹인 후 재워야겠다고 생각했다.

"건우야 아빠랑 샤워하고 밥 먹을까?"

"싫은데."

"그럼 밥 먼저 먹고 샤워하자."

"싫어."

"그럼 건우는 어떻게 하고 싶어?"

잠이 와서인지 건우는 무조건 싫다는 말만 되풀이하고 있었다.

"그럼 건우 잘래?"

"싫어."

순간 화가 났다. 결국 나는 정색을 하고 "이놈! 아빠가 말하는데 뭐 하는 행동이야?"라며 버럭 소리를 지르고 말았다. 건우는 평소와는 다른 아빠의 모습에 당황한 나머지 그 자리에서 엉엉 울면서 바지에 오줌을 싸고 말았다. 놀란 아이의 모습을 보자 금세 정신이 돌아왔다. 나는 아이를 꼭 껴안았다. 잠시 화를 참지 못한 나 자신이 너무나도 부끄럽고 실망스러웠다.

건우는 그날 이후 조금만 큰 소리가 나도 깜짝깜짝 놀라면서 무서워했다. 한순간의 잘못된 행동이 아이에게 큰 상처를 준 것이다. 훗날 건우는 그때 나의 목소리가 꼭 천둥소리 같았다고 털어놓았다. 무려 18개월이라는 긴 시간이 지나서야, 큰 소리에 대한 아이의 두려움은 겨우 사라졌다.

부모들이 아이를 위한다는 명목하에 이루어지는 각종 훈육들이 아이들에게 지속적인 스트레스로 전달이 되면 아이는 충동성이 강해지고 걸핏하면 화를 내게 된다. 아이들이 밝고 명랑하게 세상을 살아가길 원한다면 말 한마디도 따뜻하고 사랑스럽게 건네기를 바란다.

엄마표 영어,
별거 아닙니다

매일매일 자연스럽게

아이들에게 영어 교육을 시키는 이유는 부모마다 다를 것이다. 우리 부부는 앞서 언급한 것처럼 독서와 대화를 가능하게 해주기 위해 영어 교육을 결심했다. 영어를 배우면 영어를 사용하는 나라의 책을 읽을 수 있고, 책을 통해 그 나라의 문화를 습득할 수 있음은 물론, 그 나라 사람들과 자유롭게 대화할 수 있을 테니 말이다. 어떤 사람은 조기에 영어를 접하는 게 좋다고 하고 어떤 사람은 모국어가 안정되고 난 이후에 외국어를 하는 것이 좋다고도 말한다. 내가 영어 전문가가 아니라 어느 쪽의 손을 들어주기는 어렵다. 주어진 환경과 아이의 성향에 따라 부모가 결정해야 할 문제라고 생각한다.

분명히 밝혀두지만 지금부터 이야기하는 것은 영어 교육의 방법이 아닌, 우리 부부의 경험담이다. 뇌 전문가들의 연구에 따르면 아이의 뇌를 구성하는 중요한 세 가지 요소가 있는데 뇌간(집중력), 대뇌변연계(정보 처리, 기억 보관), 피질이다. 그중 뇌간과 대뇌변연계는 만 5세 이전에 거의 완성된다. 따라서 이 시기에 많이 보여주고 많이 들려주면 아이의 두뇌 발달에 긍정적인 영향을 끼치지만 무엇이든 공부한다는 생각이 들면 어른이든 아이든 부담을 느끼게 된다. 반대로 좋아하거나 익숙해서 하는 일이라면 부담 없이 접근할 것이다. 나이가 어릴수록 아이는 부모의 모습을 통해 배우고 성장하는 경우가 많다. 말 그대로 엄마표 영어는 엄마가 아이에게 영어를 시키는 것이 아니라 영어 공부의 주체가 엄마가 되어야 함을 뜻한다. 그런 점에서 우리 부부는 아내가 임신해 있을 때부터 지금까지 약 6년 동안 매일 영어 라디오를 들었다(스마트폰에 EBSi 앱을 설치했다). 아내에게는 영어 공부 시간이지만 아이에게는 익숙한 일상인 셈이다(건우는 영어 소리를 어려워하거나 낯설어하지 않는다).

사실 나는 영어라고 하면 스트레스 수치부터 올라가는 사람이다. 살아오면서 영어 때문에 좌절한 경험이 워낙 많다 보니 콤플렉스가 되어 있었다. 그런 나도 매일 반복해 듣다 보니 들리는 영어 단어 수도 많아지고 심지어 친숙하게 느껴질 정도다. 아이가 세 살이 되어 의사 표현이 원활해졌을 때에는 아내가 화상 영어 공부를 시작했다. 아내는 필리핀에 사는 분을 소개받아 일주일에 세 번 정도 매일 30분씩 화상 영어를 했고 아이에게 엄마가 하는 모습을 자연스럽게 보여주었다. 가끔 통화 중에 아이가 엄마 무릎에 올라가기도 해서 공부에 방해를 받을 때도 있었지만 굳이 아이를 밖으로 내보내거나 문을 잠그지도 않았다.

영어도 놀이처럼

건우가 세 살 무렵 가을이었던 것 같다. 놀이터에서 혼자 흥얼거리기에 "무슨 노래야?" 하고 물어보니 "어린이집에서 선생님이 들려줬어"라고만 했다. "아빠한테 한 번만 더 불러줄 수 있어?" 하고 다시 부르기에 귀 기울여 들으니 〈반짝반짝 작은 별Twinkle, Twinkle Little Star〉이었다. 그래서 TV에 컴퓨터를 연결하고 유튜브를 통해서 그 노래를 다시 들려주었다. 며칠 동안 그 영상을 반복해 보여주다가 알파벳을 쉽게 가르쳐주는 동영상인 '아이들을 위한 밥 알파벳 기차'를 보게 했다. 그러자 어느 날 갑자기 간판에 적혀 있는 알파벳을 보고 "아빠, 나 저거 알아" 하는 게 아닌가! 깜짝 놀라 "건우야 뭔데?"라고 물으니 "사다리 에이치야" 하는 거다. 그러고 보니 H가 사다리를 닮았다. 건우는 A는 고깔모자 에이, S는 뱀뱀 에스라고도 했다. 아마도 매일 영어 라디오 방송을 듣고 엄마가 영어 공부하는 것을 꾸준히 노출시켜 준 것이 아이에게 익숙함으로 다가간 것 같다.

네 살이 되어서는 어린이집에서 친구들에게 로봇 만화 이야기를 듣고 와서는 보고 싶다고 하길래 "그럼 아빠랑 약속한 시간만큼만 보는 거야. 건우가 약속을 안 지키면 며칠간 못 보는 거야" 했더니 "응 알겠어"란다. 그때 유튜브에서 검색해서 보여준 로봇 만화가 〈또봇〉이었다.

다행히도 유튜브에 영어 더빙판이 있었다. 사실 로봇 만화처럼 액션이 화려하고 배경음이 강한 영상은 아이들의 귀에 영어 발음이 잘 들리지 않는다. 그렇지만 이 또한 영어를 친숙하게 느끼도록 해주자는 우리의 목표와 아이의 욕구 해결을 위해서 나쁘지 않다고 생각했다. 당연히 아이는 약속된 시간이 지나도 계속 보고 싶다고 떼를 썼고 다음 날부터 약속한 일자만큼 보여주지 않았다. 더 보겠다고 의사 표시한 것도 자신이고 그로 인해 약속의 책임을 지는 것도 자신이란 것을 알려주고 싶어서였다. 이날 이후 건우는 정해진 시간을 사수했다. 아무래도 여기서 더 욕심을 냈다가는 더 혹독한 인내의 시간을 견뎌야 한다는 사실을 깨우쳤던 것 같다. 물론 이런 약속의 개념이 아이에게 받아들여지기 위해서는 부모가 아이와의 약속을 먼저 제대로 지켜야 한다. 신호를 기다리기 번거롭다 하여 빨간불에도 아이 손을 잡고 건너는 모습 등은 아이에게 약속은 얼마든지 필요에 따라 어겨도 된다는 걸 몸소 교육하는 것과 같다. 나는 아무리 사소한 약속이라도(심지어 건우가 옆에 없을 때도) 기본 규칙(교통 신호 준수하기, 쓰레기 버리지 않기, 웃어른을 만나면 인사하기 등)을 철저하게 지켰다.

다섯 살이 가까워지면서는 〈페파피그〉나 〈타요〉와 같이 영어 발음이 비교적 잘 들리는 만화 영화들도 함께 보도록 했다. 건우는 〈또봇〉만을 보고 싶어 했는데, 음식도 한 가지만 먹으면 편식인 것처럼 만화도 하나만 보면 좋지 않다고 설득했다. 더불어 영어에 익숙해지도록 매일 같은 영상을 반복해 틀어줬다.

또 잠자기 전에 매일 책을 읽을 때에도 두 권 이상의 책을 읽어달라고 할 때는 기존에 읽어주던 한글책에 그림이 많고 단어가 적은 영어 동화책을 추가했다. 그 외에도 다른 부모들처럼 자동차에 탈 때는 영어 동요를 들려주거나 EBS 영어 방송을 틀고 다녔다(대신 나는 정말 지루했다).

지금은 영어 자막과 영어 음성이 나오는 어린이 프로그램만 보여주고 있으며, 영어 공부방에 가서 25분씩 두 달 정도 배우고 그만둔 상태다(배우고 싶다고 한 것도 건우고 그만두고 싶다고 한 것도 건우였다). 영어가 싫어서가 아니라 앉아 있는 게 힘들다고 해서다. 그래도 그 시간 동안 영어에 대한 자신감이 생겼는지 요즘은 "아빠! 영어로 이게 뭔지 알아?" 하면서 내게 영어를 가르치려고 한다. 나는 그 또한 아빠와 아들의 놀이 도구라 생각하고 기쁜 마음으로 응한다.

앞으로 어떻게 달라질지는 모르겠으나, 초등학교 입학 전까지 건우가 영어를 익숙하고 즐거운 언어라고 생각해 준다면 우리 부부의 계획은 성공적이라고 믿고 있다.

우리 아이
독서 습관 기르기

최고의 교육은 독서다

건우의 진로를 고민하면서 우리는 학부모가 되지 않겠다고 다짐했다. 교육을 포기하겠다는 말은 아니다. 아이 스스로 결정하고 살아갈 수 있게 꼭 필요한 교육만 하겠다는 거다. 아내와 내가 택한 교육은 '언어와 독서'다. 이 두 가지를 잘하게 되면 세계 어디에서도 대화가 가능할 테니 제 밥벌이는 하겠구나라고 생각했다. 그래서 영어에 대한 교육은 일찍부터 시작하기로 했다. 물론 어린 건우에게 단어를 외우게 하고 문법을 가르치는 등 강압적인 학습을 시키겠다는 건 절대 아니다. 앞서 얘기했듯이 아이의 뇌에 영어라는 친근한 방을 만들어줄 생각이다.

이제는 교육 담당을 정할 차례다. 아내와 나는 공평하게 하나씩 맡기로 했다. 영어는 아내 담당, 독서는 내 담당이다. 엄마표 영어법에 대해서는 이미 살펴보았으니 이번에는 아빠표 독서 교육에 대해 이야기해보고자 한다.

난 아들이 자라서 외국어로 된 책을 직접 읽었으면 좋겠다고 생각했다. 대화하는 데 있어 가장 중요한 것 중 하나가 공감대인데, 그 나라의 문화와 역사를 이해하고 대화할 때 소통을 더 잘할 수 있다고 믿기 때문이다. 그런 면에서 번역가의 시선으로 한 번 걸러진 책보다는 원작자의 의도를 그대로 느낄 수 있는 원서를 직접 읽는 게 더 좋은 방법이라고 생각한다. 물론, 아직 어린 건우가 영어로 된 책을 읽는 것은 불가능하다. 언젠가, 건우가 좀더 자라서 그렇게 되기를 바란다는 의미다.

독서는 여느 아빠들처럼 태교에서부터 시작했다. 엄마가 앉아 있으면 배 가까이 얼굴을 디밀고 "아들, 아빠 목소리 들려?" 하고는 대화를 시작했다. 그리고 부드러운 목소리로 책을 읽었다. 건우가 태어나고 돌이 되기 전까지는 매일 하루 10분씩 책을 읽어주겠다는 목표를 세웠다. 책 종류는 상관없었다. 아이들이 보는 동화책이 주를 이뤘지만 자기계발서나 에세이, 소설 같은 성인 장르도 자주 읽어주었다. 돌이 지나기 전 아이들은 어휘의 의미를 모르기 때문에 굳이 영유아 책만 고집할 필요는 없다. 오히려 다양한 어휘가 등장하는 책을 읽으면 뇌에 더 많은 자극을 줄 수 있어서 아이들 뇌의 방을 넓히는 데 도움을 주기도 한다. 또 동화책은 내 입장에서 자칫 지루하거나 유치하기도 했는데, 내가 보고 싶은 책을 읽게 되니 나 스스로도 신이 났다.

책을 읽어줄 때의 몇 가지 요령을 알려주자면 첫째, 또박또박 소리 내어 읽어줄 것. 둘째, 다양한 종류의 책을 골고루 읽을 것. 셋째, 평소 책 읽기를 싫어하는 아빠라면 베스트셀러부터 시작할 것이다. 베스트셀러는 기본적으로 많은 사람들이 사서 읽었다는 뜻이다. 따라서 처음 독서를 시작하는 사람도 쉽고 재미있게 읽을 수 있는 콘텐츠로 이루어진 게 대부분이다.

어떤 책을 어떻게 읽어주느냐도 중요하지만 책을 볼 수 있는 환경도 중요하다. 일단 나는 아들에게 책방은 곧 놀이터란 인식을 세워주고 싶었다. 가장 작은 방에 책장과 책상, 그리고 바닥에는 어린이 매트를 깔았다. 내가 책을 읽기 시작하면 건우는 책장에 있는 책을 하나씩 꺼내 바닥에 앉거나 엎드려서 꺼낸 책들을 찢기 시작했다. 아이는 보통 9~10개월 때 종이를 찢기 시작하는데, 모든 아이들이 할 수 있는 건 아니다. 팔의 대근육과 손가락의 소근육이 함께 발달해야 가능한 행위인 것이다. 책을 가지고 즐겁게 놀면서 소근육 발달도 함께 되니 이보다 더 좋은 장난감이 어디 있겠는가.

돌이 지나고부터는 새로운 목표를 정했다. 잠잘 때 하루 두 권씩 동화책을 읽어주기였다. 건우가 잘 시간이 되면 나란히 누워 천장을 향해 동화책을 높게 쳐들었다. 건우는 책 속에 등장하는 그림을 손으로 짚으며 어, 어, 라고 표현했다. 세 살이 되자 나는 건우에게 보고 싶은 책을 직접 골라오라고 했다. 자기 주도적인 아이로 키우고 싶어서였다. 건우는 책장에 가서 보고 싶은 책을 고른 뒤 내게 가져왔다. 그때부터 나는 독서와 경제 교육을 병행하기 위해 책을 다 읽고 나면 아이에게 100원씩 주었다. 건우는 100원을 돼지 저금통에 넣었고 나는 돼지 목소리로 연기를 했다.

"꿀꿀, 건우야 고마워!"

"응? 뭐가 고마워?"

"나 무지 배고팠는데, 네가 밥을 줘서."

건우는 그런 대화가 재미있었는지 "그럼 내가 내일 책 읽어서 또 밥 줄게"라고 답했다. 심지어 건우는 돼지가 배고프다며 책을 읽어달라는 요구가 점점 잦아졌다. 이렇게 되다가는 내가 먼저 지칠 것 같아, 하루에 두 권씩만 읽기로 건우와 다시 약속을 정했다. 아이는 왜 책을 더 읽으면 안 되느냐고 떼를 썼지만 이내 아빠와의 약속을 충실히 지켜나갔다. 이렇게 건우에게 책은 놀이의 대상이자 아빠와 교감하는 매개체로 자리매김했다.

건우는 한 살 때부터 아빠의 책 읽는 소리를 통해 뇌에 어휘의 방이 만들어지다 보니 또래들보다 말을 참 잘하게 되었다. 점차 호기심이 많아지면서 책이 아닌 다른 놀잇감(놀이터, TV나 유튜브)에 관심을 보였지만 내가 먼저 TV를 보는 대신 책을 손에 들었다. 놀이터에서 함께 놀아주다가도 쉴 때는 일부러라도 책 읽는 모습을 보여주었고 집에서도 자주 아빠 손에 책이 들려 있는 모습을 노출했다. 아이의 손에 책이 놓여 있길 원한다면 우리 손에 먼저 책이 놓여 있어야 한다. 난 이렇게 건우에게 책을 친구로 선물했다.

📢 **책 읽는 습관을 길러주는 좋은 방법들**

1. 하루 한 번 취침 전 책 읽어주기.
2. 의성어를 활용해 최대한 재미있게 읽어주기.
3. 양반다리를 한 뒤 아이를 앞에 앉히고 스킨십을 하면서 함께 읽기.
4. 그림을 바라볼 시간을 충분히 주기.
5. 무작정 전집을 사들이기보다 아이 성향에 따라 조금씩 구입하기.
6. 개정판에 목숨 걸지 않기.
7. CD를 틀어주기보단 부모의 목소리로 직접 읽어주기(CD는 운전 등 직접 읽어주기 힘든 환경에서만 사용).
8. 세이펜과 같은 도구는 혼자 노는 시간에만 사용하기.

책 읽기도 부모 먼저

놀랍게도 우리나라 성인 열 명 중 네 명은 1년에 책을 한
권도 읽지 않는다고 한다. 왜 그런 걸까? 아마 과거와 달
리 세상에 재미난 것들이 너무 많아졌기 때문이리라. 요
즘에는 어른, 아이 구분할 필요 없이 시간만 나면 스마트
폰을 들고 게임을 하거나 SNS 활동에 열을 올린다.

물론 지금은 굳이 책을 읽지 않아도 지식 습득이 가능
한 시대이다. 오히려 유튜브와 같은 미디어 플랫폼을 통
해 전문가 수준의 지식을 더 쉽고 편리하게 접할 수 있다.

그러나 아무리 좋은 정보도 무분별하게 받아들이기만
한다면 내 것이 될 수 없다. 얻은 정보를 판단할 수 있는
능력이 필요한데 이런 능력은 읽고 이해하는 훈련을 통
해서 만들어진다. 또한 이 과정을 반복해나가면 창의성
도 함께 길러지게 된다.

그런데 요즘 아이들은 만화책만 보려고 하고, 지식은
영상을 통해서만 습득하려고 하다 보니 읽고 이해하는
연습이 전혀 이루어지지 않는다. 그래서 학년이 올라갈
수록 독해력이 떨어져 애를 태우는 부모들이 많다. 언어

수준이 떨어지면 학교에서의 배움(국어, 수학, 과학 등)을 따라가기 힘들어진다. 당연히 아이들은 어느 순간부터 공부라는 걸 스트레스를 주는 아주 골치 아픈 것으로 여기게 되고 점점 학습과는 담을 쌓고 지내게 된다.

내 아이가 이렇게 되기를 바라는 부모는 없을 것이다. 그렇다면 어떻게 해야 책 읽기를 습관화할 수 있을까? 첫째, 부모의 책 읽는 모습을 아이들에게 자주 보여준다. 책 읽으라는 잔소리보다 말없이 책을 읽는 모습을 보여 줄 때 아이들은 스스로 책을 읽고 싶어 한다. 둘째, 매일 같은 시간에 가족들이 모여 3분간 책을 읽는다.(참고도서 : 『행복한 영재로 키우는 엄마의 책 읽기』, 김윤수) 한글을 읽지 못하는 시기에는 부모가 책을 읽어주고 한글 읽기가 스스로 가능한 시기부터는 각자 읽고 싶은 책을 선택한 후 3분간 책을 읽는다. 3분이 지나면 책 읽기를 중단한다. 아이가 좀 더 읽겠다고 하면 그대로 둔다. 셋째, 그림책이 아닌 학습만화는 아이가 모든 용돈으로만 사도록 한다. 부모가 학습만화를 사주기 시작하면 학년이 올라갈수록 학습만화만 사달라고 하는 경우가 많다. 어릴 때부터 이렇게 규칙을 정하면 글책과 학습만화책을 번갈아가며 읽도록 부모가 제안할 수도 있게 된다. 독서는 어릴 때부터 습관화하는 것이 매우 중요하며 그 중심에는 부모의 책 읽기가 있다는 것을 꼭 명심하길 바란다.

안 된다는 말 좀
그만해

변해야 하는 건 아이가 아니라 어른이다

어렵게 얻은 아이인지라 바람 불면 날아갈까, 뛰면 넘어질까, 걱정만 달고 살았다. 그러다 보니 나도 모르게 늘 입에 달고 사는 말이 "안 돼"였다.

"건우야, 안 돼. 만지지 마."

"건우야, 안 돼. 거기 가지 마."

"건우야, 먹지 마, 안 돼. 이 썩는단 말이야."

그런데 어느 날 내게 호랑이보다도 무서운 아내가 "그 놈의 안 돼 소리 좀 안 할 수 없어?"라는 게 아닌가. 아내는 옛날에는 흙 파 먹고도 다 건강하게 살았다면서, 애들이 크다 보면 좀 다칠 수도 있는 거 아니겠냐며 내게 핀잔을 주었다. 사실 아내는 충남 서산의 시골 마을에서 가난한 농부의 딸로 자랐다. 그래서 나는 아내의 말에 어떤 대꾸도 할 수 없었다.

이튿날부터 건우의 행동을 주의 깊게 살펴보았다. 놀랍게도 건우는 무엇인가를 할 때 매번 "아빠, 나 이거 해도 돼?"라고 묻고 있었다. 그리고 며칠 뒤 이보다 더 충격적인 사건이 일어났다. 어린이집 하원 후 놀이터에서 뛰어노는 건우를 벤치에 앉아 보고 있었는데, 갑자기 건우가 사라진 것이다. 깜짝 놀라 주변을 살펴보니 건우가 나무 뒤에 숨어서 내가 옆에 다가온 줄도 모르고 초콜릿 과자를 허겁지겁 먹고 있었다. 순간 '내가 아이를 망치고 있었구나' 하는 생각이 들었다.

늘 아이스크림이나 초콜릿, 젤리 같은 것을 먹으면 안된다고 따라다니며 잔소리하고, 친구 엄마들이 줬다면서 저런 종류의 간식거리를 가져와도 "안 돼" 하면서 허락하지 않았던 수많은 순간들이 떠올랐다. 순간 건우에게 너무나 미안했다. 건우는 내게 크게 혼날까 싶어 안절부

절못하고 있었다. 나는 건우를 안고 물었다.

"건우야. 그게 그렇게도 먹고 싶었어?"

"……응."

"그럼 아빠한테 얘기를 하지 그랬어. 아빠랑 저기 의자에 앉아서 먹자. 그리고 아빠가 집에 갈 때 슈퍼마켓에서 건우 먹고 싶은 거 하나 사줄게."

"정말? 아빠 정말이야? 야호!"

건우는 내 말에 뛸 듯이 기뻐했다. 그리고 나는 이 사건 이후 아이를 위해 내가 먼저 변해야 한다고 생각했다. 첫째, 불안함을 극복할 것. 둘째, 인내심을 가지고 아이를 지켜볼 것. 셋째, 구체적으로 칭찬해줄 것. 넷째, 아이 앞에서 아내를 존중할 것. 다섯째, 충분히 놀아줄 것.

아이를 위한다는 이유로 수없이 했었던 '안 돼'라는 말의 판단 기준은 아이가 아니라 나였다. 내가 지금껏 경험해온 정보를 토대로 내 아이를 판단하고 제어하고 있었던 것이다. 그런데 과연 내게 그럴 자격이 있을까 하는 의문이 들었다. 아이가 어떤 결정을 하고 실행하는 과정에서 직접 체득하는 경험의 기회를 주어야 하고 부모는 그 결정을 지지해주되 위험에 빠지지 않게끔 도와주면 되는 게 아닐까? 또 아이를 진정 사랑한다면 아이가 스스로 옳고 그름을 깨우칠 수 있도록 지켜볼 줄 알아야 한다는 사실을 깨우쳤다. 그 후로 나는 무작정 아이의 행동에 개입하기보다 가이드라인을 미리 제시하고, 아이의 행동을 관찰했다. 그리고 관찰로 얻어진 정보를 토대로 아이의 긍정적인 면들을 구체적으로 하나하나 칭찬해주었다. 아이에게 칭찬은 최고의 교육이다. 그리고 이런 성취의 기억들은 아이를 자존감 높은 사람으로 만들어준다. 반대로 옳지 못한 행동이나 선택을 할 때는 바로 야단치기보다 스스로 깨우칠 수 있게 질문을 던졌고, 아이가 제대로 깨우쳤는지 알아보기 위해 비슷한 상황을 연출하기도 했다. 마지막으로 아이 앞에서 아내를 존중함으로써 가족 모두가 서로를 소중한 인격체로 대해야 한다는 것을 가르쳐주었다.

이렇게 아이가 아닌 내가 먼저 변함으로써 건우는 늘 아빠에게 자신의 소신을 당당히 이야기하고 때로는 어른이 잘못한 부분(아빠! 누워서 스마트폰 보면 거북이 된다. 거북이 되고 싶어?)을 지적해주는 멋진 아이로 자라나고 있다.

아이와 함께 울타리를 만들다

아이를 키우는 부모들이 가장 두려워하는 게 무엇일까? 불의의 사고일 것이다. 아파트 단지 내에서 킥보드를 타던 아이가 자동차에 부딪혀 사망한 사고, 학교 앞 횡단보도를 건너다가 외국인이 몰던 대포 자동차에 치여 혼수상태에서 깨어나지 못한 사건, 어린이집 통학 버스에서 잠이 들었다가 그 안에서 질식해 사망한 일 등 우리 주변에는 상상하기 싫을 만큼 끔찍한 사건사고들이 끊임없이 일어나고 있다. 그리고 이런 일이 내 아이에게 절대 일어나지 않았으면 하고 바란다.

나 역시 이런 안전사고를 예방하기 위해 한동안 전전긍긍했다. 그러다 건우와 충분히 상의한 뒤 우리만의 안전 울타리를 만들기로 했다. 울타리 범위 안에서는 무엇을 해도 좋다는 의미이면서 안전을 위해 그 이상을 넘지 말자는 무언의 약속이기도 하다. 울타리라고 해서 내 마음대로 정할 순 없는 일이다. 그래서 건우와 충분히 대화했다. 건우에게 일어날 수 있는 사건들을 영상을 통해 보여주거나 그 상황을 설명함으로써 위험을 인지하게 하고 그렇게 되지 않도록 서로가 지켜야 할 선을 아이와 함께 정했다.

첫째, 건널목을 지날 때는 녹색불로 바뀌어도 잠시 서서 좌우를 살핀 후 자동차들이 멈추거나 없으면 건넌다. 둘째, 신호등을 기다릴 때는 노란 선 밖에서 기다린다. 셋째, 자동차를 타면 꼭 안전띠를 착용한다. 넷째, 킥보드는 놀이터 등 안전한 곳에서 타거나 아빠 엄마와 함께 보행로에서 탄다. 다섯째, 경사진 곳에서는 킥보드에서 내려서 안전하게 걸어간다. 여섯째, 놀이터에서 놀 때는 충분한 준비 운동을 하고 갑작스럽게 높은 곳에서 뛰어내리지 않는다.

이렇게 아이와 여섯 가지 규칙을 정하고 그 규칙 범위 안에서는 제약하지 않았다. 사실 처음부터 구체적으로 규칙을 정한 건 아니다. 처음에는 건널목에 관한 조항만 있었다. 건우의 행동 반경이 넓어지고 위험에 처할 상황이 늘어남에 따라 우리들의 규칙도 자연스럽게 늘어나게 되었다.

하루는 건우가 킥보드를 타고 경사가 조금 있는 건널목 앞에 서 있다가 그만 도로 쪽으로 미끄러지고 말았다.

옆에서 지켜보고 있던 나는 건우를 잡아 끌어내렸고, 건우는 바닥에 주저앉았다. 킥보드는 모퉁이를 돌던 승용차와 충돌했다. 정말 아찔한 순간이었다(킥보드를 잡고 있지 않은 것을 후회했다). 그 순간 가장 놀란 건 건우였다. 이후 건우는 건널목 앞에 멈추어 있을 때는 킥보드에서 내려 노란 선 밖에서 기다리기로 했다. 오히려 내가 아무 생각 없이 노란 선 안으로 들어가 있다가 건우에게 핀잔을 듣곤 한다. 또 한번은 해가 진 저녁에 놀이터에서 뛰어놀다가 넘어져 손목에 금이 가고 말았다. 한동안 씻지도 못하고 가렵고 답답한데 깁스를 하고 있어야 해서 여섯 살 인생 중 가장 큰 어려움을 겪은 건우다. 그 바람에 호텔 수영장에 가서 수영하고 싶다고 노래를 불렀던 건우는 그 좋아하는 호텔의 수영장을 몇 날 며칠 바라만 보고 와야 했다(미리 예약해둔 여행이라 어쩔 수 없었다). 이런 일들이 반복되다 보니 스스로가 위험에 주의하지 않았을 때 돌아오는 불이익과 위험을 잘 인지하게 되면서 정해놓은 울타리를 넘는 경우는 현저히 줄어들게 되었다.

여섯 살이 된 지금은 자동차를 탈 때도 카시트에 앉아 안전띠를 스스로 착용한 후에 "아빠 내가 다 하면 출발해! 하면 출발하는 거야"라고 다짐을 받는다. 아무리 부모라고 해도 아이의 일거수일투족을 함께할 순 없다. 아이와 울타리를 정했다면 아이가 경험을 통해 위험으로부터 자기 자신을 지키는 법을 배워나갈 수 있도록 기다려주는 인내심을 발휘하자.

육아가
편해지는 방법

질문에 질문으로 답하다

"아빠! 하나에 넷을 더하면 뭘까요?"

"다섯!"

"맞아. 그럼 다섯에 다섯을 더하면?"

"열!"

다섯 살이 된 건우는 계속 이렇게 질문을 해댔다. 처음에는 별생각 없이 질문에 답해주었는데 어느 순간부터는 피곤해졌다. 늘 새로운 아이디어를 내거나 일의 성과를 내기 위해서 효율적인 방법들을 고민하다 보니 내 머릿속은 좀처럼 휴식 시간이 없다. 그래서 일을 하지 않을 때는 꼭 필요한 경우가 아니면 생각을 하지 않기 위해 노력한다. 이런 아빠의 상황을 이해할 리 없는 아들은 시도 때도 없이 질문을 던졌다.

질문하는 건 사실 매우 좋은 행동이고 부모에게는 축복이다. 5세가 되면 스스로 창의적인 행동을 하고자 한다. 또한 자신만의 주관과 생각이 뚜렷해진다. 그래서 미운 5세라고도 불린다. 내가 생각하는 것이 옳다고 생각하기에 고집을 부리기 때문이다. 주변의 것들에 관심을 보이고, 호기심을 가지고 부모에게 질문한다는 건 바르게 성장하고 있다는 증거이니 이게 축복이 아니면 무엇이 축복이겠나. 건강하게 잘 자라주고 있다는 건 고마운 일이다.

그러나 아이의 성장이 꼭 부모에게 행복을 가져다주는 것만은 아니다. 부모에게 마음의 여유가 없다면 아이의 행동을 피곤함으로 받아들이기 때문이다. 그래서 어떻게 해야 아이와 내가 모두 행복해질 수 있을까를 고민해보았다. 아들은 왜 자꾸 아빠에게 질문할까? 본인이 정답을 찾는 게 귀찮아서? 아니다. 그럼 뭐지? 그래, 역지사지로 생각해보자. 그러자 신기하게도 답이 쉽게 나왔다. 그냥 말하고 싶은 거였다. 해답이 필요해서가 아니라 아빠와 대화를 하고 싶은 거다. 내가 퇴근하고 돌아온 아내를 붙잡고 그냥 주절주절 말하고 싶은 것처럼……

그래서 아이가 질문을 하면 답이 아닌 역으로 질문을 해보기로 했다. 본디 질문은 상대의 진심을 파악해 자신이 원하는 결과를 끌어내기 위해서 사용된다. 나는 답이 아닌 역질문을 통해 아들의 사고를 확장해가도록 도와주고 싶었다. 건우는 유치원 버스를 기다리며 내게 질문을 하는 경우가 많았다.

"아빠! 3에 4를 더하면 뭘까요?"

"그러게, 뭘까? 아빠보다 건우가 더 잘 알 것 같은데?"

"7이지. 아빠는 그것도 몰라!"

"오~ 아들! 역시 최고야. 그럼 이번에는 아빠가 물어볼게. 사과가 열 개 있는데 건우가 세 개를 먹었어. 몇 개가 남았을까?"

"일곱 개!"

"딩동댕! 그럼 사과 열 개가 있는데 건우가 네 개를 먹고 아빠가 세 개를 먹으면 몇 개가 남았을까요?"

다섯 살에게는 어려운 문제라고 생각했다. 하지만 건우는 작은 손가락을 연달아 펴고 접더니만 곧 세 개라고 답했다. 깜짝 놀랐다. 한 번 더 확인해보고 싶어서 다시 물었다.

"건우야, 과일가게에 사과가 열 개 있는데 엄마한테 세 개 주고 아빠한테 두 개 주고 건우한테 네 개를 줬어. 그렇다면 과일가게에 있는 사과 열 개 중에 몇 개를 준 거야?"

건우는 손가락을 꼬물거리며 한참을 생각했다. 그리고 이윽고 입을 열었다.

"아홉 개."

나는 진심으로 기뻤다. 단순히 덧셈을 잘해서가 아니라, 잘 성장하고 있는 건우의 모습이 기특했다.

"정답! 건우 정말 대단한걸? 오늘 아빠가 상으로 건우가 좋아하는 쿠키 사줄게."

나는 아이의 작은 성장에도 구체적으로 칭찬해주고 보상했다. 그럴수록 아이는 더 많은 질문을 원했고 그에 따른 해답을 찾는 일에 즐거워했다.

보고 생각하고 스스로 행동을 결정하다

육아를 하다 보면 아이랑 장난감을 정리하는 문제로 다툴 때가 많다. 애써 치우면 5분도 되지 않아 주변을 엉망으로 만드는 귀여운 슈퍼 악당! '성질 같아서는 확 그냥 다 버려버리고 싶다'는 생각을 해보지 않은 부모가 어디 있을까. 나 또한 그랬다. 하지만 "너 장난감 안 치우면 다 버린다!"와 같은 위협은 아이에게 좋지 않다. 아이가 성장하면서 부모와의 대화를 거부하거나 행동 발달에 문제가 생길 수도 있고 이런 문제는 사춘기까지 이어져, 자녀와의 관계를 영영 망치게 될 수도 있기 때문이다.

그렇다면 아이가 스스로 놀잇감을 정리할 수는 없는 것일까? 나는 장난감들이 등장하는 영화와 책 한 권을 선정한 뒤, 아이가 어떻게 행동하는지 관찰하기로 했다. 내가 건우에게 보여줄 영화는 〈토이 스토리〉. 대학에서 콘텐츠 기획 수업을 하며 제자들에게 입이 마르도록 칭찬한 이 영화를 아들에게 보여주게 될 줄이야. 〈토이 스토리〉는 전 세계 최초의 3D 애니메이션으로 아이들의 마음속 진정한 친구인 장난감들의 이야기이다. 영화 속에서 장난감들은 아이들이 잠들거나 보이지 않으면 일어나 움직이기 시작한다. 당연히 아이들은 장난감 친구에게 생명이 있다고 생각한다. 역시나, 영화를 보던 건우가 내게 말했다.

"아빠! 장난감들이 살아 있어! 내가 자면 움직여."

건우는 〈토이 스토리〉를 보는 내내 장난감 친구들이 마치 눈앞에서 실제로 살아 움직이는 것처럼 느끼며 흥분했다. 그러나 거실에 널부러진 장난감을 정리해야겠다고까지는 연결되지 않는 것 같았다. 그날 밤 나는 준비해 둔 책 한 권을 읽어주었다. 책 이름은 『황금 로봇, 출동』. 책 속의 주인공 아이는 황금색 로봇을 매우 좋아했다. 그러나 늘 방 안 가득 정리되지 않은 책들과 다른 장난감들로 인해 황금 로봇을 잃어버리고 만다. 다행히 장난감 더미 속에서 로봇을 찾았지만, 바닥에 널린 책 더미에 발이 미끄러지면서 로봇의 팔이 부서진다. 장난감을 잘 정리했어야 했다고 야단치는 엄마의 말을 듣던 아이는 짜증을 내며 뛰쳐나가고, 엄마는 망가진 장난감을 버린다. 아이는 평소에 장난감 정리를 잘 하지 않으면 좋아하는 장난감이 부서지고, 다시는 가지고 놀 수 없다는 사실을 깨닫게 된다는 스토리다. 나는 책을 다 읽고 나서 건우에게 물어보았다.

"건우야. 거실에 장난감 친구들은 어떻게 하지?"

"몰라, 졸려……그냥 잘래……."

나는 조용히 밖으로 나와 아이가 가장 아끼는 장난감 몇 개를 담았다. 그러고는 아이가 찾을 수 없는 곳에 숨겼다.

이튿날 아침이 되어 거실로 나온 건우가 아끼던 장난감을 찾았다.

"아빠, 카봇이 안 보여!"

"잘 찾아봐, 어디 있겠지. 건우가 정리 안 해서 못 찾는 거 아냐?"

"아무리 찾아도 안 보여."

"그래? 그럼 어젯밤에 건우가 잘 때 장난감 친구들이 건우가 제자리에 가져다놓지 않아서 자기들을 안 좋아하는 줄 알고 집을 나간 게 아닐까?"

내 말에 아이는 울먹였다.

"건우야, 지금 있는 친구들이라도 정리하는 게 어때? 이 친구들도 밤에 또 나가버리면 안 되잖아."

그제야 건우는 장난감들을 정리하기 시작했다.

"친구들이 이제 좋아하겠다. 건우가 사랑해서 다치지 않게 정리해준 거라 생각할 것 같은데……. 아빠 생각에는 건우가 유치원 다녀오면 친구들이 건우가 얼마나 사랑하고 기다리는지 전해 듣고 다시 돌아올 것 같아."

건우가 유치원에 간 사이 나는 숨겨놓았던 장난감을 찾아 거실 바닥에 살포시 내려놓았다. 유치원을 다녀온 건우는 장난감을 부둥켜안고 좋아했다. 아이들도 생각이 깊고 현명하다. 단지 경험이 부족해 판단이 느리고 행동으로 옮기는 일이 조금 서툴 뿐이다. 부모들이 시간과 여유를 가지고 끝까지 아이를 믿어준다면 아이들은 경험을 통해서 성장해갈 것이다.

자존감 높은
아이로 키우기

인사가 만사다

많은 부모가 자녀들을 자존감 높은 아이로 키우고 싶어 할 것이다. 나 또한 마찬가지다. 그런데 막상 어떻게 해야 하는지는 잘 알지 못한다. 그렇다면 어떻게 해야 내 아이를 자존감 높은 사람으로 키울 수 있을까?

첫째, 부모의 자존감부터 높이자. 부모의 자존감이 높아야 하는 이유는 간단하다. 아이는 부모를 보면서 자라기 때문이다. 자존감 낮은 부모를 보고 자란 아이가 어떻게 자존감 높은 아이로 성장할 수 있겠는가? 그렇다면 부모의 자존감은 어떻게 높일 수 있을까? 가장 적은 비용으로 큰 효과를 볼 수 있는 방법이 독서다. 책을 읽는 부모의 모습은 아이에게 독서 습관을 길러주기까지 하니, 일석이조라 할 수 있다. 둘째, 인사다. 인사와 자존감이 무슨 관계가 있냐고 생각하기 쉽지만, 실제로 인사를 잘하는 아이들은 자존감이 높다. 인사라는 게 누구나 쉽게 할 수 있는 일임에도 불구하고 행동으로 옮기는 건 생각과 달리 쉽지 않다. 혹시 인사를 왜 하는지 생각해본 적이 있는가? 인사는 인사를 받는 상대방이 좋으라고 하는 것이 아니다. 인사는 나를 알리고 싶어서 하는 적극적인 제스처다. 그런데 우리 주변의 아이들을 살펴보면 이웃을 만났을 때 인사를 잘하는 아이들보다 그렇지 못한 아이들이 더 많다. 마음만 먹으면 누구나 쉽게 할 수 있는 게 인사인데 아이들은 왜 인사를 하지 않을까? 바로 어른이 받아주지 않으면 쑥스러울 것 같아서다. 즉, 자기 자신을 지키기 위해서 인사를 하지 않는 거다. 그런데 반대로 인사를 잘하는 아이들은 상대방이 인사를 받아주지 않아도 상처 받지 않는다. 그렇다면 어떻게 해야 내 아이를 인사를 잘하는 친구로 만들 수 있을까? 당연히 나부터 인사를 잘하면 된다. 부모의 자존감이 높아야 아이의 자존감이 높아지듯이 인사도 내가 먼저 하면 아이도 따라하게 된다.

나는 실제로 이런 경험을 했는데, 건우와 함께 길을 가다 만나는 사람들에게 인사를 하지 않고 지나갔을 때는 건우도 인사를 하지 않지만 신기하게도 내가 잠시 멈춰서서 "안녕하세요? 아침부터 수고가 많으시네요"라고 인사를 건넸더니 건우도 옆에서 조그마한 목소리로 "안녕하세요?"하고 인사를 했다. 아직 미취학인 아이들에게 이보다 자존감을 높여줄 수 있는 쉬운 방법이 또 어디 있겠나? 한마디로 인사人事가 만사萬事다.

스스로 자라게 하는 대화법

어른들은 무의식적으로 결과만을 보고 칭찬하는 경우가 많다. 아이들은 결과가 아닌 과정을 격려하고 인정해주어야 한다. 왜 그래야 할까? 아이들은 어른들처럼 완성형이 아니라 성장하는 중이기 때문이다. 성장하는 과정에서 여러 경험을 축적하면 아이들은 '난 잘할 수 있어'라는 자신감이 생기게 된다. 이런 자신감은 아이가 세상을 살아가는 데 큰 힘이 되어주기에 단순히 결과를 칭찬해주는 것보다 행동하는 과정을 인정해주는 것이 무엇보다 중요하다.

'칭찬과 인정이 뭐가 다르지?'라고 생각할 수도 있다. 칭찬의 사전적 의미는 좋은 점이나 착하고 훌륭한 일을 높이 평가한다는 의미를 담고 있다. 이때 평가라는 건 결과 지향적이다. 반면 인정의 사전적 의미는 사람이 본래 가지고 있는 감정이나 심정을 말한다. '본래 가지고 있는'이라는 말은 아이들의 재능과 재주 그리고 가능성을 뜻한다. 이제 두 의미 사이의 차이를 이해했을 것이다.

어린아이들은 무한한 가능성을 지닌 존재다. 그런데 단편적인 어른들의 생각만으로 결론을 지어 아이를 칭찬한다면 아이들은 편향된 사고를 가지고 성장할 수밖에 없다. 그러면 우리는 아이들에게 어떤 말을 해주어야 할까?

어느 날 건우가 노래를 부르는데 잘 들어 보니 "나는야 집에 있기 싫어~ 차에 있는 킥보드를 빼줘~ 이제는 자전거도 탈 거야!"라는 자작곡이었다. 유아기 때 아이들은 자기 생각을 노래로 곧잘 표현하는데, 건우의 노래 가사에는 집에 있으면 심심하니 밖에 가서 킥보드를 타고 싶다는 강한 열망이 담겨 있었다. 더불어 자전거도 배우고 싶으니 아빠가 어떻게 좀 해달라는 메시지였다. 귀여운 방식으로 자기 주장을 내비치는 게 참 대견하고 기특했다. 그런데 아이의 이런 메시지를 들은 부모는, 보통 다음과 같은 말로 반응하게 된다.

"우리 건우는 노래를 참 잘하네. 커서 가수해도 되겠다", 혹은 "어쩜 이런 말을 생각했을까? 커서 작가 하면 좋겠다" 식의 말이다. 나도 모르게 아이에게 '넌 이걸 해야 해'라고 강요하게 되는 꼴이다. 물론 가수나 작가가 되는 건 상당히 좋은 일이다. 하지만 아이는 아주 오랜 시간 동안 부모의 말을 기억하며, 그렇게 되지 못했을 때 큰 부담감을 가지게 된다. 그렇다면 이럴 때 어떻게 하는 게 좋을까? 이런 방식의 표현을 추천한다. "우리 건우는 음악도 좋아하고 말도 참 잘하네. 앞으로 말을 더 잘하는 사람이 되면 좋겠다." 말을 더 잘하는 사람이 되면 좋겠다는 표현 속에는 다양한 직업군이 포함된다. 가르치는 사람(선생님 외), 소개하는 사람(공인중개사 외), 알려주는 사람(아나운서 외), 판매하는 사람(영업사원 외) 등 말과 관련된 직업은 참 많다. 말을 더 잘함으로써 할 수 있는 다양한 직업군이 존재하며, 그러한 직업을 갖기 위해서는 공부가 필요하다는 생각도 자연스럽게 갖게 된다. 부모가 어떻게 반응하느냐에 따라 아이는 위축될 수도, 당당하게 자신의 꿈을 향해 나가는 존재로도 성장할 수 있는 것이다.

그러나 이런 인정도 무분별하게 해서는 안 된다. 아이가 짜증을 내며 물건을 집어 던진다거나 한껏 찌푸린 표정으로 부모에게 대든다면 아이의 마음은 받아주되 잘못된 행동은 수정해주어야 한다. "건우야 화났어? 우리 건우가 기분 나빴구나. 아빠도 건우 마음은 이해해. 그런데 기분 나쁘다고 해서 그렇게 물건을 던지거나 아빠를 그런 표정으로 쳐다보는 건 옳은 행동이 아니야. 아빠가 기분 나쁘다고 건우한테 물건을 던지면 건우는 좋아?"하고 타이르면 아이는 당장은 아니더라도 시간이 지나고 나면 본인의 잘못을 느끼게 된다.

아이가 성장하기 위해서는 인정해주는 것 외에 몸소 경험하고 느낀 것을 스스로 체득할 수 있는 환경을 조성해주는 것 또한 중요하다. 이런 환경은 때때로 자연스럽게 만들어지기도 하지만 부모가 방향을 정해 아이를 이끌어줄 수도 있다. 나는 건우가 어떤 일을 할 때 중간에 포기하지 않고 끝까지 해내는 기쁨을 보여주고 싶었다. 그래서 묘안을 하나 떠올렸다(단, 내가 쓴 이 방법은 평소 아이와 부모 사이에 신뢰 관계가 잘 형성되어 있어야 한다).

건우가 거실에서 만화 영화를 보고 있을 때였다. 만화를 본 지 20분 정도가 지났을 때 "건우야 때쮸(TV를 그렇게 부른다) 너무 오래 보는 것 같은데……"라고 말했다.

건우는 그만 보라는 말로 이해하고 아쉬운 표정을 지었다. 이때 "건우야, 하던 건 끝까지 하는 게 좋겠지?"라고 말했다. 그 순간 아이의 표정이 밝아지면서 "응, 끝까지 하는 게 좋지"라는 대답이 나왔다(요 녀석! 아빠한테 딱 걸렸어). "그래 무엇이든 시작했으면 끝까지 해야지. 그럼 이거 끝날 때까지만 보는 거다."

며칠이 지난 뒤 유튜브에서 〈슈퍼심플송〉이라는 영어 학습 영상을 보여주었는데, 건우가 재미없으니 다른 것을 보겠다고 했다. 나는 이때다 싶어 이렇게 말했다.

"건우야, 무엇이든 하던 건 끝까지 해야 한다며? 건우가 아빠한테 말했잖아. 그럼 아빠도 이제부터 그렇게 안

해도 돼?"

"……아니, 이것도 끝까지 볼 거야. 대신 끝나면 좋아하는 거 하나만 더 보게 해줘."

난 건우가 영어 학습 영상을 끝까지 본 뒤에 좋아하는 프로그램을 볼 수 있게 허락했다. 아빠와의 약속을 지킨 아이에게 작은 보상을 주었던 것이다. 그러던 어느 날, 건우가 영어를 배우고 싶다고 해서 영어 공부방에 보내게 되었는데 25분간의 수업 동안 한 번도 자리에서 일어나지 않고 수업을 들었다고 했다. 선생님께서는 다섯 살짜리 아이가 초등학생들보다 학습 태도가 더 우수하다며 크게 칭찬해주셨다.

"건우야, 가기 싫을 때는 언제든지 말해. 알았지?"

"알겠어. 아빠."

두 달이 지나서야 건우는 "아빠, 나 영어 공부방 그만 가고 싶어"라고 말했다.

"그래, 건우가 가기 싫으면 안 가도 돼. 그런데 왜 가기 싫은지 물어봐도 될까?"

"재미는 있는데, 지금은 쪼금 재미가 없고, 오래 앉아 있는 것도 힘들어서."

무엇이든 시작했으면 끝까지 해보기로 했던 작은 약속 하나가 어느 순간 아이의 원칙이 되어 있었던 것이다.

아이들은 몸이 작을 뿐이지 생각이 작은 건 아니다. 단지 어른들보다 성장을 위한 경험이 부족할 뿐이다. 더 많은 경험을 통해 스스로 판단할 수 있는 기회를 부여한다면 분명 우리가 생각했던 것보다 훨씬 더 근사한 사람으로 성장할 것이다.

맘 카페가
나에게 가르쳐준 것

그때 왜 더 뜨겁게 사랑해주지 못했을까

"야, 애 낳고 나니까 사람이 싹 달라지더라."

"어떻게 달라졌는데?"

"집에 들어가도 애 본다고 난 본 체 만 체다."

총각 때 먼저 결혼한 친구들이 이런 말을 하면 "제수씨 너무하네. 밖에서 뼈 빠지게 일하고 왔는데"라며 친구 편을 들었다.

그런데 지금은 친구의 아내들이 왜 그랬는지 그 이유를 알 것도 같다. 출산으로 인해 체력이 약해진 상태에서 준비 시간도 없이 돌입하는 육아는 신체적으로는 물론, 정신적으로 사람을 지치게 한다. 그러니 남편을 '사랑해줄' 여유 따위가 있을 리 있나. 내 몸 하나도 건사하기 어려운 지경인데 말이다. 결국 나도 이 친구와 같은 신세가 되었다. 출산 전만 해도 손잡고 산책하던 우리는 아내는 출산과 직장 생활로, 나는 육아와 일로 둘 다 그렇게 지쳐갔다. 나는 아내에게 늘 불만이 가득했다. 남들 안 하는 육아에 일까지, 나 같은 남편이 어디 있다고? 고마운 줄도 모른다며 불만을 토로했다. 이렇게 불만 가득하던 내게 친구가 되어준 건 초등맘 카페 회원들이었다.

"도반장님! 아이는 더 신경을 써줘야 하는 존재잖아요. 한시도 눈을 뗄 수 없는 대상이니 애정이 치우칠 수밖에 없죠. 거기에다 부인은 일도 하고 저녁에는 육아를 또 하시잖아요. 반장님이 도와주셔서 그나마 저만큼 버티시는 거예요. 그리고 2~3년만 참으면 언제 그랬냐는 듯이 괜찮아져요."

"그래도 반장님은 얼마나 행복하세요! 보통 아빠들 돈 벌러 나가서 애 크는 건 보지도 못하는데 옆에서 매일 예쁜 모습 보니 좋지 않으세요? 오히려 건우 어머니가 많이

속상하실 것 같아요. 반장님이 더 잘하셔야 할 것 같은데
요."

　이런 이야기들을 듣고 나니 아내에게 좀 미안해졌다.

　예전에는 육아하기 힘들다고 징징거리며 하루하루를
어떻게 보내나 걱정만 했었는데 지금은 거리에서 아장
아장 걷고 있는 아기들만 봐도 절로 미소가 지어진다. 그
리고 저 시절 건우가 너무나도 그리워진다. 왜 나는 그때
더 뜨겁게 사랑해주지 못했을까! 나 자신에게 그리고 아
들에게 미안한 마음이 든다. 이미 아이들이 소년으로 자
란 카페 맘들은 내게 지금 아이와 많은 추억을 만들라고
조언해주었다. 초등학교 4학년만 되어도 부모보다 친구
들이랑 노는 걸 더 좋아한다며, 지금이 아니면 반장님이
놀아주고 싶어도 아이가 거부할지도 모른다는 협박도 건
넨다.

　그래, 아직 늦지 않았으니 지금부터라도 더 뜨겁게 아
내와 아이를 사랑하자. 매순간 최선을 다해 사랑하는 것
만이 내가 가족에게 줄 수 있는 최고의 선물일 테니.

선배 맘들이 초보 부모에게

네이버 초등맘 카페에 모인 엄마들은 영유아기를 거쳐 초등학교에 입학한 어린이를 키우는 엄마들이다. 10년 이상의 생생한 경험에서 나오는 엄마들의 조언은 육아를 처음 하는 나에게는 큰 도움이 되었다. 이 책을 읽는 독자 분들을 위해 그들이 내게 해준 이야기들을 소개하고자 한다.

첫째, 힘들어도 원칙을 지키는 것이 중요하다. 스마트폰 사용이 아이들에게 좋지 않다는 것은 누구나 알고 있는 사실이다. 그래서 많은 부모는 아이에게 스마트폰을 보여주지 않겠다는 원칙을 세운다. 하지만 육아에 지친 부모들은 밥이라도 편히 먹고 싶다는 생각에 원칙을 깨고 스마트폰으로 아이들이 좋아하는 영상을 보여주기 시작한다. 이 한 번의 타협으로 아이는 점점 더 스마트폰에 빠져들게 된다. 반대로 부모가 원칙을 잘 지키고 있다고 해도 아이가 이런 말을 할 수가 있다. "아빠, 저기 다른 친구들은 스마트폰으로 만화영화 보는데 나는 왜 안 돼?" 이런 경우가 생기면 뭐라 답해야 할지 참 당혹스럽다. 그래서 평소에 부모의 스마트폰 사용에도 원칙을 세워야 한다. 아이가 보는 앞에서는 스마트폰 사용을 하지 않는다거나 스마트폰 사용 시 아이에게 목적을 말하고 양해를 구하는 식으로 말이다. 나는 후자의 경우를 선택했다. 건우에게 영화나 게임이 아닌 일 때문에 스마트폰에서 글을 읽어야 한다는 것을 설명하고, 실제로 보여주었다. 그러다 보니 위와 같은 질문에 이렇게 답할 수 있었다.

"건우야, 아빠가 건우한테 허락받고 스마트폰 사용할 때 약속했던 것과 다른 경우가 있었어?"

둘째, 육아지침서대로 아이를 키울 필요는 없다. 아이마다 기질도 성향도 다른데 지침서를 맹신하여 키우다 보면 자칫 내 아이를 다른 아이와 비교하고 다그칠 수 있게 된다. 하지만 사람의 성장은 각기 다르다. 표준화되어 있지 않다. 이때 부모가 다른 또래와 비교하기 시작하면 아이는 열등감에 빠지고 만다. 실제로 내가 아는 어머니의 아이가 친한 친구로부터 왕따를 당한 적이 있었다. 친했던 친구였기에 아이는 너무나 큰 상처를 받았고 아이의 어머니는 그 친구를 만나 이유를 물었다. 아이의 대답은 놀라웠다. 자신의 엄마가 늘 ○○이랑 비교하는 게 너무 싫었다고 했다. 그래서 친구를 괴롭히고 따돌리기 시작한 것이었다. 설사 아이가 '누구는 잘하는데 나는 못해서 속상해'라고 한다면 '못 하는 게 아니야. 너도 그 친구만큼 시간을 가지고 연습하면 더 잘할 수 있어'라고 격려해주자. 비교는 비극을 만들 뿐이다.

셋째, 부부 사이가 화목할 때 아이는 더 밝게 성장한다. 아이는 늘 어른의 거울이다. 부부가 서로 존중하고 사랑할 때 아이들은 그렇게 성장하는 것이 당연하다고 생각하며 자라게 된다. 부부가 언성을 높이며 싸우게 되면 아이들은 아주 큰 심리적 고통을 겪게 된다. 고통을 겪는 아이들은 미소를 잃게 되고 스트레스 지수가 올라가게 된다. 실제로 부부싸움이 잦은 아이들의 오줌에서는 다양한 스트레스(긴장, 공포, 고통, 감염 등)에 반응하여 분비되는 부신피질 호르몬 중 하나인 코티졸이 검출되기도 한다. 이 호르몬은 식욕을 증가시켜 지방이 축적되고, 근육단백질의 과도한 분해로 인해 근조직의 손상이나 면역기능 약화 등의 증상을 일으킨다. 부모의 말 한마디가 아이의 성장을 좌지우지하기도 하는 셈이다.

넷째, 규칙을 정할 때는 아이의 의견을 충분히 듣고 합의해야 한다. 아이는 부모의 소유물이 아니다. 따라서 강압적인 방법은 아이를 엇나가게 만든다. 아이들이 스스로 낸 의견이 채택되었을 때는 부모의 단속이 없어도 아이들 스스로가 그 규칙을 지키고자 한다(가족회의를 하는 것도 좋은 방법 중 하나이다).

다섯째, 너무 완벽해지려고 노력하지 않아도 된다. 부모도 사람이다. 아이에게 완벽한 모습을 보여주려고 하기보다는 솔직하고 자연스럽게 하나의 인격체로 대하는 것이 부모가 가장 먼저해야 할 일이라고 생각한다.

나는 육아 선배들이 알려준 위의 이야기를 토대로 6년 동안 아이와 함께 성장했다. 그리고 확신한다. 아이에게 매순간 사랑한다고 말해주는 것 이상으로 좋은 육아 방식은 없다는 것을.

육아는 왜 엄마만 해야 하나요?

아빠가 육아를 시작한 후 바뀐 것들

초판 1쇄 인쇄 2020년 1월 13일
초판 1쇄 발행 2020년 1월 28일

지은이 도준형
펴낸이 김선준

편집팀장 마수미 **편집팀** 배윤주, 문주영
디자인 최원영
마케팅 권두리, 조아란, 오창록, 장혜선
외주 편집 임나리
일러스트 웅쿵

펴낸곳 포레스트북스 **출판등록** 2017년 9월 15일 제 2017-000326호
주소 서울시 마포구 동교로 64-9, 2층
전화 02) 332-5855 **팩스** 02) 332-5856
홈페이지 www.forestbooks.co.kr **이메일** forest@forestbooks.co.kr
종이·출력·인쇄·후가공·제본 (주)현문

ISBN 979-11-89584-51-1 (03810)

포레스트북스(FORESTBOOKS)는 독자 여러분의 책에 관한 아이디어와 원고 투고를 기다리고 있습니다. 책 출간을
원하시는 분은 이메일 writer@forestbooks.co.kr로 간단한 개요와 취지, 연락처 등을 보내주세요. '독자의 꿈이
이뤄지는 숲, 포레스트북스'에서 작가의 꿈을 이루세요.